文春文庫

西洋菓子店プティ・フール

千早 茜

文藝春秋

目次

装画　西　淑

西洋菓子店
プティ・フール

Groseille

グロゼイユ

生クリームはかたさではなく艶《つや》だと、じいちゃんは言う。

ゆるいと張りがなく、かたすぎるときめが粗くぼそぼそする。どちらも色気に欠ける。食う気にならん、と。砂糖が溶け、白いクリームの表面がつややかな輝きを帯びる瞬間がある。その一瞬を見逃さず泡立て器を止め、手早く絞り袋に入れる。ゴムべらでしつこく触り続けると艶はどんどん失われていくので、最小の動きですくいあげる。

「女の肌と一緒だな」

じいちゃんがにやにやしているのは見なくてもわかる。いつもの口癖だ。

「美しいのは一瞬」

合い言葉のように私もくちずさむ。

「じいちゃん、生クリームあがりました」

絞り袋を手渡す。丸眼鏡の奥の、皺《しわ》に覆われた目が不機嫌そうに細められた。私は慌てて「シェフ」と言いなおす。ここはじいちゃんの店で、孫とはいえ私は弟子だ。

「違うだろう」

じいちゃんはくるりと手首を翻《ひるがえ》して絞り袋を握ると、私に背を向けて作業台に屈み込んだ。作業台の上にはカットしたばかりのケーキが並んでいる。じいちゃんは肘《ひじ》をくいっくいっと動かしながらクリームを絞りだしていく。銀色の口金から溢れでるクリームは、まるでじいちゃんの身体の一部のようになめらかに模様を描き、ケーキを白く彩っていく。

いつも見惚《みと》れてしまう。「おい」と促され、違う口金をつけた絞り袋を用意する。

「シェフ、クレーム・シャンティーあがりました」

「そうそう、それ」

フランスに留学して以来、じいちゃんは私に習ってきた名前で呼ばせる。自分で得てきた知識や経験はちゃんと使え。それがいつかお前の味になるんだと言う。けれど、憧れだったフランス語の綴りを覚えても、小さい頃から使ってきた名前はなかなか離れない。特にこのじいちゃんの店では。

朝方届いたばかりの真っ赤な苺を三角のケーキの上にのせると、透明のセロファンを巻きつけ銀紙の上に置く。昔ながらの苺ショート。フランスにそんなものはなかった。苺が日に日に美味しくなっていくこの時期、私が作るのならピスタチオ風味のクレーム・ムースリーヌを使ったフレジェを選ぶが、東京下町の商店街の中ほどにある創業四十年を超える洋菓子屋『プティ・フール』には苺ショートがなにより似合う。

あっという間に飾り終えると、じいちゃんは苺ショートの並んだトレイを脇にやり、セルクル型で作った丸いレアチーズケーキを冷蔵庫から取りだした。細い丸形口金の絞り袋で葡萄と蔦《つた》の模様を描いていく。

私も柔らかめのシュー皮に生クリームを詰める。これは、じいちゃんのシュークリームだ。私のシュークリームは開店してから焼く。パイ生地に似た歯触りの軽いもので、焼きたてを目当てにお客さんがやってくる。注文を受けてからクリームを詰めるので、お客さんたちからは「さくさくシュー」と呼ばれている。じいちゃんのしっとりしたシュークリームも根強い人気で、店には二種類のシュークリームが並ぶ。けれど、私のレシピが採用されたのは今のところシュークリームだけだ。

悔しい気持ちはまだない。私自身、小さい頃からじいちゃんの作る素朴で優しい洋菓子の味が大好きだったから。卵そのものの味を生かしたプリンなんか今でも毎日食べたいくらいだ。

じいちゃんの菓子は凝《こ》ってはいないけれど、ほっと肩の力が抜けるひとときをくれる。無くなって欲しくない、と思うし、常連のお客さんたちがそう思っていることもよくわかる。

けれど、私は自分の菓子には酒や香料をきかせる。時にはスパイスも使う。カスタードクリームにはバニラビーンズをたっぷりと入れる。朝一番に炊いてバットの中で冷ましていたそれをゴムべらですくう。ぺろりときれいにはがれたら成功。私の作る菓子はじいちゃんと違ってまだむらがあるのでほっとする。

カスタードクリームをボウルに移していると、じいちゃんが言った。

「カスタードはなんて言うんだっけか？」

「クレーム・パティシエール」と答えながら生クリームと合わせる。私のシューにはこれを詰める。

「シェフ、私、今日も午後から長岡《ながおか》さんのとこ行くので、注文が入ったらクリーム詰めよろしくお願いしますね」

「おう、まかせとけ」

大きなロールケーキを巻きながらじいちゃんが頷《うなず》く。苺、キウイ、バナナ、季節のフルーツにチョコレートクリーム入りのプチシューまで入った贅沢なロールケーキは丸太のようだ。子どもがみると必ず目を輝かせる、お菓子の森という名のケーキ。

「おい」

じいちゃんが背中ですごむ。いつの間にか、ほとんどの菓子が飾りつけを終えている。私は完成したケーキをトレイごと店のショーケースに運んだ。冷蔵庫のゼリーやプリンも取りだす。それから、じいちゃんが切ったロールケーキに透明セロファンをかけ、トレイに並べた。その間にじいちゃんはチョコレートケーキにのせるチョコレートを勢い良く削る。

開店前の、ケーキを仕上げる時間が一番忙《せわ》しない。指示をもらわなくても、何をすべきか空気でわからないとどんな職場でも使ってもらえないぞ、とじいちゃんは言い、手取り足取り教えてもらったことは一度もない。けれど、その教えはホテルでも、海外でも、他のパティスリーでも役にたった。

やっとすべての生菓子をショーケースに並べ終え、厨房《ちゆうぼう》に戻ると、じいちゃんは予約の誕生日ケーキの飾りつけをしていた。豆腐屋の孫の優奈《ゆうな》ちゃんのだ。三歳の頃からじいちゃんの作ったケーキでお祝いをしている。

「今年、中学生になるんだってよ、早いよなあ」と、じいちゃんがつぶやく。もうアニメキャラクターの顔を描いたケーキではなく、苺をふんだんに使った二段のお城のようなケーキだった。生クリームのひだが艶やかな花びらを描いていく。

中学生か。懐かしい記憶に足が止まった。

「こうやってな」と、じいちゃんが低く唸るような声で言う。

「食べさせたいやつの顔を浮かべながら作るんだ。そうすると綺麗に仕上がる」

これも口癖だ。けれど、私にというよりは自分に言い聞かせるような口調だったので、黙っていた。黙ったまま、昔のことを思いだしていた。

　あの頃、生クリームのような肌の子を知っていた。白く、なめらかで、つやつやとエナメルのように輝いていて。そして、その肌にあの苺のような真っ赤な――

「どうした」

　じいちゃんの声で我に返った。「並べ終えたよ」と言いながら洗い物のたまった流しに向かう。ふり返って、もう一度ケーキを眺めた。

「じいちゃん、そのケーキほんと綺麗。なんかロウソクさすのもったいないね」

「いいんだよ、それで」

　じいちゃんが満足そうな笑みを浮かべた。

「菓子の魅力ってのは背徳感だからな。こんな綺麗なものを食べていいのかって思わせなきゃなあ。おっ、もうこんな時間じゃねえか。亜樹《あき》、プレートはできているか？」

「昨日作っておいたよ」

　冷蔵庫からチョコレートで作ったバースデープレートを取りだす。洋菓子は基本的にはパートと呼ばれる生地とクリームの組み合わせでできている。劣化しやすいクリームは当日作ることが多いが、その他の部品は前日に仕込んでおく。そして、当日の開店前に組み立て、飾りつけをする。

「おお、英文字はやっぱりお前の方がうまいな。片付けはやっとくし、先に飯いってこい。昼には紅茶屋いくんだろ」

ちょうどいいタイミングで、奥からばあちゃんの呼ぶ声がした。ほら、と言うように
じいちゃんが顎《あご》をしゃくる。

「うん、ありがとう。もうちょいやることあるし、すぐ戻る」

「ゆっくり食えよ」と言いながら、じいちゃんは店に出て行った。がらがらがら、と薄い金属の音が響く。シャッターを開けて看板をだすのはじいちゃんの仕事だ。

ショーケースの中に並べられたケーキが、朝の光を浴びて輝く姿を想像する。店の名前の『プティ・フール』とは一口サイズの小さな菓子のことだ。店が大きなケーキ箱だとしたら、その中に宝石のようにぎっしり菓子たちが詰まっている。ショーケースを満たした後はそんな空想で胸が弾む。

厨房の奥の、二階へ続く階段の前でクロックスのサンダルを脱ぐ。店の奥はじいちゃんの家に繋がっていて私の部屋は二階にある。割烹着姿のばあちゃんが台所と居間をいったりきたりしている。山菜を茹でた、ほの苦い香りがただよっている。

「春だね」

そう言うと、ばあちゃんが丸々とした顔をほころばせた。

「旬のもの、好きだからねえ」

朝ごはんはしっかりがじいちゃんの信条なので、ばあちゃんはたくさんのおかずをち

ゃぶ台に並べる。たたきに足をかけた瞬間、じいちゃんの大声が聞こえた。

「そういえば、昨日の夕方に祐介《ゆうすけ》来たわ。またシュークリーム何個も買っていったぞ、あいつ」

最近ますますたるんできた祐介のお腹を思いだし、つい不満の声がもれる。じいちゃんが笑いながら厨房に戻ってきた。

「あいつ、昔から甘いものに目がないからな。脳には糖分がいるんですよ、なんて小難しいこと言う割にゃきっちり肥えていってるぞ」

「もー何個買ったの？　一日一個までって言ってるのに」

「さあな、忘れちまったな……二個とかそこらじゃないか」

じいちゃんの目が泳ぐ。嘘だ。絶対に三個か四個は買っている。ため息をつきかけて、ふと気になった。

「じいちゃん、祐介どっちのシュー買った？　さくさく？　柔らかいの？」

「やわいほうだな」

じいちゃんのシューだ。祐介は嫌なことや辛いことがあると、じいちゃんの菓子をたくさん食べたがる。ただただ甘くて優しい味わいに癒されるのだろう。祐介はまだ新米だけれど弁護士だ。守秘義務があるからか、穏やかな性格のせいか、滅多に仕事の愚痴はもらさないけれど、気持ちが疲れることが多い仕事なのはなんとなく想像できる。少し心配になった。

黙った私をじいちゃんがちらりと見た。

「結婚の準備は進んでいるのか」

「まあまあ」と濁した私の言葉を水音が流していく。

まな板の上にはむしり取られた苺のへたが無数にちらばっていた。へたの裏にわずかに残った赤い果肉はもう干《ひ》涸《から》びはじめているように見えた。


去年の夏、働いていたパティスリーを辞めた。フランス人のシェフが作る正統派フランス菓子の店で、非常に厳しく、休みもほとんどなかったが勉強になる店だった。辞めた理由は二つある。そろそろ独立して自分の菓子作りをしたくなってきたのと、祐介にプロポーズされたからだった。洋菓子屋が一番暇になる夏をきちんと見計らってプロポーズしてくる辺りが祐介らしいと思った。

祐介はじいちゃんの店の常連客だった。私は大学進学を機に上京してからは、暇さえあればじいちゃんの店に顔をだしていたので、同じ齢の祐介とはすぐに顔見知りになった。

付き合いだしたのは大学を卒業してからだった。在学中に司法試験に合格するほど頭が良かったことは付き合ってから知った。それまでは、優しいけど少々頼りなさそうな男だな、くらいにしか思っていなかった。付き合いはじめてしばらくの間、祐介は店に来る度に「おめえ、ケーキじゃなくて亜樹が目当てだったのか」と、じいちゃんに鼠並みに追い払われていたが、へこたれず今までのペースで店にやってきた。何が良かったかというと、彼のそういう辛抱強さだった気がする。

結婚して生活が落ち着いたら、新しいことをはじめるつもりだった。けれど、私がパティスリーを辞める少し前にばあちゃんが自転車で転んで腰を痛めてしまい、じいちゃんと二人でやっていた店を手伝うことになった。

そのまま半年が経ってしまった。もうばあちゃんは日常生活に支障がないほどには良くなっている。じいちゃんは「気が変わらないうちにさっさとしろ。とっとと行っちまえ」などと言うが、なんとなく今の生活に馴染《なじ》んでしまっている。

私にとって、じいちゃんは父親みたいなものだ。いや、それ以上かもしれない。洋菓子という同じものに魅入られ、同じ世界に入っただけに、実際の父親よりもじいちゃんとの絆の方が強い気がする。

小さい頃から菓子職人に憧れていた。昔はパティシエという言葉も知らなかった。年に数回、じいちゃんの家に行く時が待ち遠しくてたまらなかった。けれど、親の反対もあり、高校を卒業すると調理専門学校には行かずに大学に進んだ。都内の大学だったのをいいことに私はじいちゃんの店に入り浸り、洋菓子の作り方を見よう見真似で覚え、ホテルの製菓部に就職した。怒り狂う父親に頭を下げてくれたのはじいちゃんで、留学の時はお金も援助してくれた。そんなじいちゃんと働けるのもあとどれくらいだろうと思う度、胸が苦しくなる。

チョコレートを溶かすために湯を沸かしていると、私と入れ違いに遅い朝ごはんに行っていたじいちゃんが戻ってきた。相変わらず早食いだ。

私と目が合うと「早くなってきたよなあ」と、にっと笑った。

「何が」

「馬鹿野郎、湯が沸くのがだよ。もうすぐ春じゃねえか。お前なあ、菓子職人ってのはいつでも……」

「感覚を研ぎ澄ませてなきゃ駄目だぞ、でしょ」

「そうそう」と、じいちゃんは真っ白なコック帽を被る。私は木綿のバンダナだ。

手早くチョコレートソースを作ると、流しを片付け、バンダナとコックコートを脱いで丸める。コートを着て、用意しておいた紙袋を持つと、卵を割っていたじいちゃんがふり返った。

「お、もう行くのか」

「うん、ちょっと今日は早めに」

三ヶ月前から商店街の外れにある紅茶専門店にケーキを卸している。アンティークの家具とランプに囲まれた小さな落ち着いた店だ。店主の長岡さんはじいちゃんの古い友人で、定年退職後に趣味で紅茶専門店をはじめた。最初はスコーンやマドレーヌやショートブレッドといった紅茶に合う焼き菓子の依頼ばかりだったけれど、季節の生フルーツを使ったケーキもリクエストされ、それが好評でどんどん種類が増えていった。焼き菓子セットとケーキセットをはじめてからお客さんも増えたので、午後はときどきサービスの手伝いに行っている。

一礼をして、裏口から出る。じいちゃんは軽口は許しても、礼儀にはうるさい。

自転車の籠に紙袋を入れると、先に祐介のアパートに向かった。風はどことなく湿った土の匂いがした。

チャイムを押しても反応がなかったので合鍵で入ると、案の定、部屋は薄暗かった。部屋の壁は本棚で埋め尽くされ、狭い部屋を一層狭くしている。その隙間に置かれたパイプベッドの上で布団が丸く膨らんでいる。パソコン机の上とこたつの上は分厚い本やファイルが乱雑に積み重なっている。

簡易キッチンの流しはカップ麵の容器と汚れたマグカップで溢れていた。なるべく音をたてないように洗い、電気ポットのスイッチを入れる。床に置いた紙袋からプチシューと苺のタッパーを取りだす。まともな食器がないので、仕方なくドーナツチェーン店のキャラクターの絵が入ったシリアルボウルに盛りつける。

紅茶を淹《い》れ終えても起きないので、ベッドに飛び乗った。もぞもぞと布団の塊《かたまり》が動く。手を伸ばし、ベランダに続くカーテンを開けると、布団からようやく出かかっていた寝ぐせだらけの頭がひゅっと引っ込んだ。貝かたつむりか。

「おーい」と布団をひきはがす。

上下鼠色のスウェット姿の祐介が眩しそうに目をしばたたかせた。

「あれ……亜樹ちゃん？」

今やっと気づいたというような顔で私をぽかんと見つめる。なんて警戒心がないのだろう。可愛いといえば可愛いけれど。

のろのろと起きあがる祐介に背を向けると、台所に戻り、苺と交互に積みあげたプチシューのボウルを手にふり返る。眼鏡をかけかけた祐介の顔がぱっと輝く。片手を掲げて、さっき作ったばかりの温かいチョコレートソースを見せつけるようにゆっくりとかける。つやつやと光る黒い液体がプチシューをなめらかに呑み込んでいく。

「わーすごい！　シュークリームのミニタワー」

「プロフィットロールね」

祐介の笑顔がわずかにぎこちなくなる。頭はいいはずなのに、彼は横文字に弱い。

「バレンタインあげそこねたから。サプライズ」

祐介がこたつの上の書類や本を慌ただしくよける。その隙間にボウルを置くと、私は携帯で写真を撮った。

「ああ、バレンタイン。でも、すごく忙しそうだったし気にしなくてよかったのに。菓子職人にはイベントはないって、いつも言ってたのにどうしたの？　めずらしいね」

そう言いながらも祐介は嬉しそうだ。「ちょっとトイレ」と、洗面所に向かう背中に答える。

「たまにはいいかなって。じいちゃんはもう雛《ひな》祭りのこと考えているけどね」

湯気のたつ紅茶を運び、自分のマグカップを片手にベッドに腰掛けた。撮った画像をSNSサイトにアップする。

祐介はすぐに戻ってきた。顔も洗っていない。いそいそとフォークを取りあげ、たっぷりとチョコソースをからめて口に入れる。祐介の顔がふにゃりととろける。

「あ、けっこうお酒入ってる。クリームも亜樹ちゃんの味だね」

黙ったままこたつに入り、続く言葉を待ったが、祐介は夢中で食べている。味の感想よりも欲しい言葉があるのだけど。

「昨日、じいちゃんのシューは食べたらしいから私のシューで」

じっと待つのも嫌で話をふる。紅茶をすすりながら横目で見ると、祐介はばれたか、というように首をすくめて笑った。

「パンも買ってきたよ。焼きたてのエピと卵サンド」

「うん、いい匂いがしてる。ありがとう。でも、今はこれ食べるよ。もう少しで行くんだよね？」

エピってわかっているかな、海老サンドとかと勘違いしてないかな、と思いながらも言わない。携帯の画面に目を落としながら頷く。「ごめんね」と言うと、祐介は「いや、僕も今日は仕事しなきゃいけないから」とシューを頬張った。

「亜樹ちゃんがデリバリーしてくれるなんて思わなかったから嬉しいなあ」とつぶやく。土日が忙しい私と、土日が休みの祐介はなかなかゆっくり一緒の時間が取れない。

「あ、亜樹ちゃん、明日の晩って空いてる？　そろそろ結……」

こちらを向いた祐介の目が私の手元で止まった。

「あれ？　ＳＮＳなんかしていたの？」

「うん、ちょっと前から」

プロフィットロールの画像にすぐさまついた絵文字だらけのコメントをスクロールして隠してしまう。誰からかは読まなくてもわかる。

「お菓子画像なんて載せてるんだ。おじいさんのお店のアカウントでやっているの？」

見えていたようだ。別に隠す必要はないのに心臓がとっとっと鼓動を刻みだす。小さく息を吐く。

「いや、個人で。ほら、結婚式のこととかあるし。地元の友達とかもう連絡先がわからない子とかいるからはじめてみたの。そしたら、けっこう繋《つな》がって。今何しているのって訊《き》かれてお菓子作ってるって言ったら、見たい見たいって言うから」

「あーそうなんだ。昔の友達とか懐かしいでしょう」

「うん、まあ。でも田舎だったし、もうたいがい結婚していて、よく似た子どもとかいて変な感じだよ」

「昔の彼氏とか？」

思わず祐介の顔を見てしまった。笑ってはいたが、どことなく無理している感じがあった。

「そんなのいないよ」と言うと、ほっとしたような驚いたような顔をした。

「中学も高校も？」

「うん」

「本当に？　好きな人は？」

携帯を伏せて床に置いた。首すじに当たる日差しはもうあたたかいのに、床はひんやりと冷たかった。

「いたけど、付き合うなんて怖いこと、私はできなかったな」

粘りのある黒い液体にまみれた丸い小さなシューと苺の塊が音もなく崩れた。お菓子はどれも危うい均衡で成り立っている。あの頃の私たちのように。

「怖いこと？」

「そう、怖いこと。だって、先がないじゃない、あの年頃の気持ちなんて」

「亜樹ちゃん」

祐介が身じろぎする気配が伝わってきた。先に祐介の目を覗《のぞ》き込み、唇の端についていたチョコレートを舌先で舐《な》めとる。髪から古い図書館のような、かすかに黴臭い紙の匂いがした。祐介の匂い。鼻腔いっぱいに吸い込むと、「あと三十分くらいならあるから」と首に腕をまわした。

珠香《たまか》とはじめて話したのは、中学二年になった日だった。今の半分にも満たない年齢だったことを思うと、不思議な気分になる。

存在は知っていた。正しくは、後ろ姿を見かけたことがあった。後ろ姿だけでも珠香は目立つ子だった。珠香の髪は天然パーマで、珠香のお母さん曰く、小さい頃は天使のようにふわふわだったらしいが、成長するにつれ完全なちぢれ毛となった。小学校の頃はそのことで男子にからかわれたらしく、彼女は自分の髪をひどく嫌っていた。下駄箱の前のすのこに座り込む彼女の顔を見て、気づいた。からかわれたのは恐らく髪のせいだけではなかっただろう。

生クリームのような肌に小さな鼻、赤い唇。そして、瞳はヘーゼルナッツみたいだった。後に、そういう瞳の色をはしばみ色というのだと知った。珠香は全体的に色素が薄く、身体は不安になるくらい華奢だった。

「どうしたの？」

平静を装ったつもりだったのに声が裏返ってしまった。珠香は気にする素ぶりもなく、ヘーゼルナッツの目で私を見上げ、赤い唇をちょっとゆがめた。

「上履き忘れちゃって」

「あ、そうなんだ」

印象的な顔が目に突き刺さってくる。うろたえながらも私は珠香を安心させようと笑ってみた。珠香の細い肩の辺りには手負いの野生動物じみた警戒心がただよっていた。

「じゃあ、私の片っぽ履く？　けんけんで歩かなきゃいけないけど」

そう言うと、珠香は驚いたように瞬《まばた》きをして、ぷっと吹きだした。髪がタンポポの綿毛みたいに揺れた。

「嘘、冗談。先生に言ってスリッパ借りてきてあげるよ。待ってて」

その途端、「あ」と小さな声が聞こえた。白い手が伸びて、私のスカートの裾がきゅっと引っ張られた。

「ごめん、あのね……ねえ、笑わない？」

珠香は真っ赤になっていた。気圧されてしまい、頷くのがやっとだった。

「わたし、昨日お母さんと喧嘩しちゃって……。あのね、本当は上履きあるんだけど、洗ってから紐《ひも》が通せなくなって……」

「え？」

「靴紐の通し方がわからないの。いっつもお母さんにやってもらってたから」

いつの間にか、私のスカートは両手で握られていた。しわくちゃになっちゃう、と思ったが、不思議と嫌ではなかった。珠香は握ったまま口を結んでうつむいている。

「笑わないよ」

ぱっと珠香が顔をあげた。

「私がやってあげる」

薄ピンクに染まったクリームがみるみるゆるんで、気づいたら、珠香が笑っていた。

その瞬間、世界に色がついた気がした。

ああ、と思った。私は同じ感覚を知っていた。

体育館の裏に行って、寒さにかじかむ手で上履きに紐を通してあげた。ひざまずいて靴紐を結び終えた時、始業のチャイムが鳴った。顔をあげると目が合った。なんの躊躇《ためら》いもなく珠香は私の手を取ると、「ありがとう」と笑った。そのまま「同じクラスだったらいいね」と言い合いながら貼りだされたクラス替え表を見に行って、そこではじめてお互いの名前を知らないことに気づいて笑い転げた。同じクラスだとわかり歓声をあげると、近くの教室のドアが開いて先生に叱られた。それでも、嬉しくて笑いが止まらなくて、手を繋いだまま新しいクラスまで走った。

そんな出会いだったから、私たちはすぐに仲良くなった。

雪国の桜は遅くて、まだ花は咲いていなかったけれど、あの年の春が今までの人生で一番綺麗だった気がする。


「ねえ、亜樹ちゃん訊いてもいい？」

祐介が私の首の付け根に唇をあてながら尋ねた。湿った息にすこし、ぞくりとした。した後はいつもどういう顔をしていたらいいかわからなくて、つい背中を向けてしまう。した後だけじゃない。付き合って欲しいと言われた時も、プロポーズされた時も、私はどんな顔をしたらいいかわからなかった。

黙っていると、祐介が後ろから腕をまわしてきた。身体が祐介の腕の中にすっぽりと収まる。こうして裸でいると、やはり祐介の身体は私よりずっと大きくて分厚いのだと感じさせられる。肌も私よりずっと熱い。

珠香の手や腕は柔らかいのにひんやりとしていて、本当に生クリームのようだった。

「なに」

「昔、好きだった人ってどんな人だったの」

「忘れた」と言うと、「えー、教えてよ」ときつく抱きしめられた。いつもは私の顔色を窺《うかが》ってばかりなのに、肌に触れると祐介は少しだけ強引になる。

「別に普通だよ」

「普通？」

「バレー部とかで背が高かったかな。それくらいしかもう覚えてない。顔だってもう思いだせない。そんなもんじゃない」

適当に言うと、「そろそろ行くね」と腕をふりほどいた。立ちあがり服を着ていると、祐介がシーツの匂いを嗅《か》いでいるのが目に入った。

「なにしているの？」

「亜樹ちゃんのいたとこケーキの香りがするなって思って」

「お菓子と間違って食べないでよ」と笑って、髪を手ぐしで直して玄関に向かう。「あ、明日の晩」と声をあげる祐介に「またメールするね」と手をふって外に出た。天気が良くて目が眩《くら》む。

目を細めたまま自転車にまたがる。色素が薄いせいか、珠香はいつも眩しそうに目を細めて歩いていた。一見、不機嫌そうに見えるその顔が私を見つけて笑う。あの誇らしいようなくすぐったいような感覚。

携帯の画面を覗くと、珠香からメールがきていた。水槽の前に立つ娘二人の写真がついている。「ペンギンさ〜ん」という件名がつけられているけれど、肝心のペンギンは水槽の向こうでピンボケしていた。なんとも返事のしようがないメール。SNSサイトのコメントにもまだ返事をしていない。

珠香とSNSサイトで繋がったのは二週間前。高校を出てから一度も会っていなかったのに、「あきちゃん、久しぶり！　たまかだよ〜」と申請がきて、それから毎日のようにやり取りをするようになった。けれど、昔の話をすることはない。珠香が話題にするのは夫と娘二人のことばかりだ。短大を出て数年で結婚した夫はひとまわり以上年上で、珠香に言わせると「すっごく優しいけど見た目は熊さん」だそうだ。有名な外資系企業に勤めているらしく、珠香は優雅な専業主婦生活を送っているようだった。SNSサイトの画面は美容の話題とブランド品の買い物とピンクのディズニーキャラクターで埋め尽くされている。

昔から自分のことばかり話す子だった。流行りの服に目がなく、サンリオとかディズニーのキャラクター商品やぬいぐるみも大好きだった。変わっていないといえば変わっていない。

でも、と思いながらペダルを踏んだ。まだ人の少ない商店街の中を進んでいく。

メールに添付されていた珠香の写真はまっすぐな栗毛だった。爪はきらきら光るストーンで飾られて、今風の重め前髪の下の睫毛《まつげ》は人工的にカールしていた。娘二人を両脇に抱く写真は幸せオーラが全開だったけれど、どこか作り物じみていて芸能人のブログのようだった。なんだろう、昔はあった危うさ、みたいなものがないのだ。

ちぢれ毛でなくなってしまったことは少し残念だった。あの髪は珠香の強烈な個性の証《あかし》のようだった。「髪、ストレートになったんだ」とメールを送ると、「縮毛矯正だよ〜」あきちゃんの写真も送って」とカラフルな絵文字つきで返ってきた。「写真あんまり撮らないから」と返事をすると、「変わらないね〜」と笑顔マークがついてきた。昔、プリクラが苦手だったことを覚えているのだろう。少しほっとした。

あの頃、遊ぶ場所と言えば、自転車で一時間くらい走ったところのショッピングモールか駅前のカラオケ屋くらいしかなくて、学校が終わると私たちはいつもどちらかの家に行って喋《しゃべ》ったりテレビを見たりしていた。夕食の時間になり家に戻ると食後に電話をして、おまけに交換日記までしていた。休みの日は電車に乗って「街」と呼んでいたビル街に行って服や雑貨を見て、ファーストフードチェーン店で暗くなるまで喋った。

あんなにたくさん何を話していたんだろうと思う。もうほとんど思いだせないのに、映像だけは鮮明だ。電車で私の肩にもたれて眠る汗ばんだ額、笑う時にのぞく小さな糸切り歯、ビーズで手作りした指輪、揺れるセーラー服のリボン、甘ったるい香りのリップクリーム、制服の下に穿《は》いたジャージ、カラフルなシールがべたべた貼ってあるノートや辞書や下敷き、丸っこい字で書かれたMDのラベル、お泊まり会の時のパジャマ姿、そして、濡れた時だけまっすぐになるあの髪。

珠香と仲良くなってすぐに、クラスの女の子から「気をつけた方がいいよ」と忠告を受けた。あの子、束縛とかすごいから、と。確かにその通りで、珠香は私が他の子たちと話すのを露骨に嫌がった。みんなが私のことをあだ名で呼ぶから自分だけは名前で呼びたいと言い張り、登下校も二人きりでしたがった。

祐介に言ったことは嘘だ。正しくは、彼氏なんか作る暇はなかった。異性でも同性でも私が珠香以外の人間に興味を持つと、珠香は癇癪《かんしゃく》や腹痛をおこした。もしかしたら、仮病だったかもしれない。けれど、私は珠香の言いなりだった。このままでは二人で孤立してしまう、と頭の片隅で思っていても、珠香のふくれっ面や泣き顔には抗えなかった。私が珠香の言うことをきけば、珠香は花が咲くように笑ったし、二人きりになると「ごめんね、ごめんね、嫌いにならないでね」とすがってきた。いつもは気丈な珠香の情けない顔を見ると、頭の芯がぼうっと痺れて何も考えられなくなった。

中学二年、三年と同じクラスだった。私たちは同じ高校を受験したが、高校ではクラスが離れてしまった。それぞれクラスに友達ができて、私は正直肩の荷が下りたような気分になった。

ある日の放課後のことだった。教室の掃除をしていると、突然、珠香が私のクラスに飛び込んできた。弾丸のようにまっすぐ走ってくると、私の首にかじりついてわんわん泣きだした。珠香のくせ毛が鼻をくすぐってくしゃみが何度もでたが、珠香は離してくれなかった。見かねたクラスメイトが掃除当番を代わってくれ、私は珠香をなだめながらバスにも乗らず一時間半かけて一緒に歩いて帰った。

珠香が自分のクラスの女の子を平手打ちにしたことはすぐに全クラスに広まった。その子が珠香のことをぶりっ子だとか男子に媚《こび》を売っているとか、からかい半分に言ったらしい。珠香はみんなの前でその子の両頬を二回続けざまに叩き、クラスを飛びだしたそうだ。

それから、珠香は私のクラスでお弁当を食べるようになった。

珠香は野菜を一切食べられなかった。何事も好き嫌いが病的なほどはっきりしており、嫌なことは絶対にしなかった。お菓子が好きで、休み時間もこっそり食べていたので、いつも甘い匂いがしていた。休日になると私はシフォンケーキやブラウニーを焼いて、可愛くラッピングして珠香にあげた。「あきちゃんのお菓子が一番」珠香はいつもそう言ってくれた。「私のじいちゃんのお菓子のほうが美味しいんだよ」と力説すると、「じゃあ、高校卒業したらあきちゃんのおじいちゃんの住む東京に一緒に行こうよ。そしたら、毎日食べさせてね」と笑った。それが私たちの夢だった。

私の母は「見るからに甘やかされて育っている」と珠香を嫌った。確かに珠香は甘やかされていた。欲しいものはすぐに与えられる環境で育っていた。お小遣いもたくさんもらっているのに、彼女の父親は彼女にねだられるとすぐに財布をひらいた。だから、彼女は我慢というものを知らなかった。

ちょっとでも約束を破られたり、自分の意に沿わぬことが起きたりすると、烈火の如く怒った。嫉妬深く、感情的で、すぐに泣く。抱える熱量が大きすぎて持て余すことはしょっちゅうだった。なのに、鬱陶《うっとう》しいと感じた記憶はなかった。なぜか彼女にはそういう振舞いが相応《ふさわ》しいとすら思えた。

そして、自分は珠香の我《わ》が儘《まま》をきくために生まれてきたのだと思った。

あの頃はなんの疑問もなくそう信じていた。


紅茶専門店の長岡さんには、ダークチョコでコーティングしたラムボールをあげた。年齢長岡さんは紅茶も好きだが、お酒にも目がないので、目尻を下げて喜んでくれた。年齢はじいちゃんと変わらないはずなのに髭《ひげ》をたくわえているせいか、じいちゃんよりずっとお爺さん然としている。じいちゃんは菓子に毛が入るといけない、と言って、昔から髭も頭もきれいに剃《そ》っている。

正午をまわったばかりの店はまだ静かだ。室内は昼間でも薄暗く、あちこちに置かれたアールヌーヴォー調のランプがぼんやりと橙色に光っている。

長岡さんは仕事の関係で昔はヨーロッパに住んでいたらしい。店内の食器やランプや置物は長岡さんが趣味で集めたものだ。懐古趣味で品が良く、物腰の柔らかな長岡さんとじいちゃんがどうして友人なのかわからない。

「バレンタイン、遅れてしまってすみません」

謝ると、「亜樹ちゃんがそういうことをしてくれるとは思わなかったよ」と祐介と同じことを言った。

「私、よっぽど女らしくないんですね」

「いや、亜樹ちゃんってきりっとしているから、浮ついた行事には興味を持たなそうに見えるんだよね」

「確かに、自分から男性にあげたことはほとんどなかったですね。でも、友達に頼まれて代わりに作ったりはしていましたよ」

そう言うと、「へえ、そういうのあるんだ」と長岡さんは目を丸くした。

高校二年の時に珠香はバレー部の男の子を好きになった。確か名前は大崎《おおさき》くん。背が高くて、頭も良くて、人気のある男の子だった。バレンタインにあげるケーキを作ってと頼まれた。放課後、私の作ったガトーショコラを持って珠香は告白しに行き、頬を上気させて走って戻ってきた。

「あきちゃん、すごいの！　オッケーだった！　一緒に帰ろうって言われた」

それまでは一日も欠かさず一緒に帰っていた。でも、今は喜んであげなくてはいけないと思い「良かったね」と言うと、珠香は嬉しそうに笑った。背の低い珠香と長身の大崎くんがグラウンドを横切っていくのを見守った。

「悲しくなかったの？」と、長岡さんが微笑んだ。

スコーンやケーキの用意をしながら私は首をふった。

「すぐに戻ってくるのはわかってましたから。男子なんかの手に負えるような子じゃなかったし。実際すぐに駄目になって、しばらくは泣いたり怒ったり大変でしたよ」

売れ残っていたタルトタタンを冷蔵庫から出してタッパーに入れる。紅玉の旬もそろそろ終わりなので、これは祐介にでもあげよう。じいちゃんの店にはアップルパイかアップルケーキしかないので喜んでくれるだろう。代わりに作ってきたベリーのタルトを取りだす。苺を中心にした様々なベリーがのった春らしいタルトにミントの葉を飾る。

突然、長岡さんが「そうじゃなくて」と笑いだした。

「友達を取られて悲しくなかったのってことじゃなくて、その子に彼氏ができて先越されたって思わなかったのってことだよ」

「え」と手が止まった拍子に、タルトから赤い小さな実がひとつぶ転がり落ちた。

「亜樹ちゃん、本当に男の子に興味なかったんだね。中学高校の女の子って男とはまったく違う生き物なんだなあ。女の子同士の友情のほうが大事なんだろうね」

赤い実は床を跳ねて、長岡さんの磨きあげられた靴にぶつかった。繊細そうな長い指が拾いあげる。

「宝石みたいに綺麗な実だね」

「グロゼイユ。赤すぐりです」

「背徳的な赤だなあ、艶《あで》やかで」

背徳的か。じいちゃんも美しい菓子を見るとそう言うことがある。

「でも、食べ物なら平和だね。美味しそうだ」

長岡さんがゆったりと言った。

「いいえ」と私は首をふった。

「その実はとても酸っぱいですよ」

そうつぶやくと、血の珠のような果実を見つめた。

あの時に抱いた感情の名前を私はずっと探している。

あれも友情、だったのだろうか。そう呼んでいいのかわからない。そう言ってしまうには激しすぎたし、代わりがきかなかった。あんなにきつく私を縛った人はいなかったし、あんなに目を奪われた人もいなかった。

珠香とずっと一緒にいるのだと信じていた。そう約束していたし、毎日、また明日と言って別れた。きっと今まで付き合ったどんな恋人よりも言葉を交わしたと思う。

けれど、どこかでこんな毎日が泡沫《うたかた》のように消えてしまう気もしていた。珠香はどうだったのだろう。

あれは短い夏の終わりだった。大学受験を控えた年で、夏休みらしい休みもなく連日のように夏期講習のために学校に通っていた。その日は休みで、めずらしく珠香との約束もなかった。

暑すぎて机に向かう気にもなれず、お昼のバラエティ番組を一人でぼんやりと眺めながら床に寝そべっていた。いつの間にか寝てしまい、たゆたうような夢を見た気がする。浅い眠りの中、汗がこめかみをつるつるとすべっていくのを感じていた。近所は単調な蟬の音に包まれていて、遠くで子どもの声がときどき聞こえた。

ふいにチャイムが鳴った。直接心臓に繫がっているかのような大きな音に飛びあがった。驚いたもののなんとなく億劫で、寝そべったままでいると、もう一度鳴った。

仕方なく起きあがり、そっと玄関ドアの小さな覗き穴から外を見ると、見慣れたちぢれ毛が見えた。

「珠香」

ドアを開けると、珠香が無表情で私を見上げた。ノースリーブのワンピースから伸びた細い腕がひどく白かった。額に透明な汗がいくつも浮かんでいるのに、真っ白な顔をしていた。「どうしたの？」と言いかけて、視線が足元で凍りついた。

珠香の右脚が真っ赤だった。脛から足首にかけて幾筋も血が流れ、サンダルを赤く染めている。

「あきちゃん……」

ふらりと細い身体が揺れた。私はなんとか珠香を支えると、肩をかして家にあげた。珠香が歩く度にぴちりと湿った音が廊下に響くのが恐ろしくて下を見られなかった。

台所の椅子に座らせた。そこが一番日が当たらなくて涼しかったから。タオルを濡らす自分の手が震えていた。救急箱から消毒液を取ってきて、おそるおそる珠香の脚にかけると、爪先がぴくりと小さく跳ねた。

「しみる？」

頭をふる気配が伝わってきた。血はもうところどころ乾いていた。しゃがんだまま、私はしばらく無言で手を動かした。血を拭き取ってしまうと、傷がそんなに多くないことがわかってほっとした。一センチくらいの裂き傷のようなものがいくつか口をあけている。傷口にはきらきらしたものが見えた。それがガラスだと気づいた時、また手が震えだした。「ピンセット取ってくるね」と無理に笑顔を作ると、珠香はやはり黙ったまま頷いた。

気が動転していたのだろう。ピンセットはなかなか見つからなかった。母の鏡台の引きだしをかきまわし、なんとか見つけだした毛抜きに消毒液をかけて洗っていると、珠香が言った。

「家から歩いてきたの」

珠香の家からうちまでは自転車で十五分はかかる距離だ。

「病院は？」

「行きたくない。あきちゃんに会いたかった。あきちゃんのことだけ考えていた」

「うん」

息が苦しかった。血の赤さが頭の中でぐるぐるしている。胸に溜まったものを吐きだすようにそっと訊く。

「これ、どうしたの？」

「自分でやった」

「自分で？」

珠香を見上げる。珠香はまだ白い顔のままだった。怒っているのか、悲しんでいるのか、わからない。表情というものが顔から抜け落ちていた。

「嫌で、気持ちが悪くて、腹がたって、壊したくて、蹴ったの、ガラスを。そのまま、家を飛びだしてきた」

珠香の家の、居間と台所を仕切るガラス戸を思いだした。あれだろうか。

突然、電話が鳴り響いた。立ちあがろうとすると、「いかないで！」と鋭い声で遮《さえぎ》られた。電話はしばらく鳴っていた。その間、私たちはずっと黙ったままだった。

電話が止むのを待って「痛くないの？」と尋ねると、珠香は「熱い」とつぶやいた。

「歩いていたら、熱いのが流れていって、見たらこうなっていて。でも、大丈夫だと思った。あきちゃんのところに行けば、もう大丈夫だって」

話し方がどんどん緩慢になって、もう一度見上げると、珠香はぐんにゃりと椅子の背もたれに身体を預けていた。目を逸らし、傷口を見つめる。拭いたばかりの傷口に血が滲みだしていた。今にも零れそうだ。そっと銀色の毛抜きを近づけ、ガラスの欠片を摘まむ。引き抜くと、血が白い肌に細く赤い線を描いて滴っていった。眩暈《めまい》がして、蟬の声が遠のいた。いつの間にか手の震えは収まっていた。

珠香と世界に二人だけのような気がした。もう父も母も帰ってこない。町は廃墟になった。なぜかその想像はうっとりと脳を痺れさせた。

一番大きな、尖った鉱石のようなガラス片に手を伸ばす。珠香の皮膚にまっすぐに突き刺さっている。それを抜く時だけ、珠香は小さな呻き声をもらした。じわりと桃色の傷口が動いて、みるみる血が盛りあがる。ぷっくりとした赤い珠になっていく。うっすら透けていて、つやつやと光る赤い珠。ああ、これ、お菓子の本で見たことがある。なんだっけ、なんだっけ。そうだ、グロゼイユだ。どんな味なんだろう。

可憐な赤い実を舌にのせ、口に含み、味わってみたい。そんな欲望がむくりと起きあがって、頭が真っ白になった。

気づいたら、珠香の白い脚に顔を寄せていた。珠香が大きく息を吐いた。その瞬間、赤い実は震え、かたちを失い、つうっと流れ落ちていった。

あ、と思った。声がもれたかもしれない。

ふいに、蛇口から零れた水滴が背後で音をたて、弾かれたように私は立ちあがっていた。珠香が驚いたように私を見上げる。

「血が」

自分の鼓動がうるさくて何を言っているのか、よくわからなかった。

「血がやっぱり止まらないし、縫わなきゃいけないかもしれないし、やっぱり病院行こう。珠香のお母さん、家にいるよね。電話するよ。私じゃ無理、怖い。怖いよ」

珠香は黙ったまま私を見つめていた。ヘーゼルナッツの目は私を透かして、何の感情も映していなかった。「いかないで」と言われる前に私はその目をひきはがし、二階に駆けあがって、父母の寝室から子機で電話をかけた。

珠香の母親はすぐに車で迎えに来た。珠香は夏休みが終わるまで姿を現さなかった。私は毎日たんたんと夏期講習に通い続けた。

新学期になって珠香の名字が変わったことを知った。珠香の両親は離婚したそうだ。

原因は父親の浮気で、相手は未成年だった。「わたしと同じ齢の子だって」と珠香は薄く笑いながら言った。その子は散々、珠香の父親に貢がせた挙句、自分で通報したらしい。珠香の家にも電話をしてきたそうだ。珠香の父親は私立大学教授で、その事件は新聞に取りあげられ懲戒免職になった。

陰口を叩かれても、もう珠香は怒らなかった。今までと変わりなく毎日私と行動を共にしたが、我が儘を言うことも笑うことも段々減っていった。そして、ある日、言われた。同じ大学には行けない、と。「一緒に東京には行けないよ」と微笑む珠香を見て、気づいた。もう、いないことに。

甘くて、鮮烈で、私に時々苦い痛みを味わわせる珠香はもうどこにもいなかった。

珠香は地元の短大に進み、私は東京の志望校に受かり町を離れた。

ケーキや焼き菓子で溢れるワゴンを押してテーブルに近づくと、お喋りに夢中になっていた三人組の女性客が歓声をあげた。ホールのケーキをその場で切り分けて草花模様のアンティーク皿に盛りつける。フルーツやクリームを添え、砂糖菓子で飾り、なめらかなソースをかけると、女性たちがほうっと息をもらした。

「ごゆっくりどうぞ」

紅茶の豊かな香りの中、一礼して背を向けた瞬間に、美しく飾られた甘い塊は銀色のフォークとナイフであとかたもなく崩される。

美しいのは一瞬。瞬きをする間に消えてしまうくらいの、ほんの短い、まるで白昼夢を見ていたような時間。だからこそ、その輝きは価値を増す。菓子作りはひとときの夢を見せる仕事だと思う。

カウンターの裏で古時計を見上げる。もうすぐ日が暮れる。ピーク時は過ぎた。

その時、ステンドグラスのドアが大きく開いた。

きれいに剃られた坊主頭と丸眼鏡にへの字口。長岡さんが喉の奥で小さく笑った。じいちゃんだった。コックコートの上に渋い緑のジャンパーをはおって、足元も厨房用の長靴のままだ。ばあちゃんには買い物とでも言って店を抜けだしてきたのだろう。

じいちゃんはカウンターの隅っこに背を丸めて座ると、ケーキワゴンの上をじろじろと眺めた。

「じいちゃん、どうしたの？　はじめてじゃない？」

「気まぐれだ、気まぐれ。ケーキセットひとつ、紅茶もケーキもお前にまかせる」

少し考えた。晩ごはんは今冬最後の鍋にするとばあちゃんが言っていたから、あまり重たくないケーキがいいだろう。

名残の雪のような卵白の山にナイフを入れ、淡い黄色のアングレーズソースをたっぷりとかけて、レース模様の薄い飴菓子をさし、キャラメリゼしたナッツをまわりに散らす。卵白の中にもナッツやプラリネが入っているが、食感の違いを楽しんでもらう。ふと、思いついてグロゼイユも散らしてみた。

「イル・フロッタントです」

ひとくち食べて、じいちゃんが私を見上げた。

「どういう意味だ」

「浮島」

「ぴったりだな。口の中で泡のように消えちまう。こういうのはワゴンサービスじゃなきゃできねえなあ」

泡のように。一瞬、珠香との日々が鮮やかによぎる。けれど、何でもない顔で頷く。

「クレープ・シュゼットもやってますよ。甘い炎を眺めたくなったら是非」と言うと、じいちゃんはふんと鼻を鳴らし、まだにやにやしている長岡さんを睨みつけた。

「くさい口上、教え込みやがって」

長岡さんが肩をすくめる。じいちゃんは琥珀色の紅茶をすすり、「うめえなあ」と目のまわりに皺をつくった。

もうあがってもいいよ、と言われたので、自転車をひいてじいちゃんと商店街を歩いた。茜の夕日を背中にぽっかりと感じながら慣れ親しんだ喧騒の中、ゆっくりと歩を進めた。

　私はじいちゃんの秘密を知っている。

　まだほんの幼い頃から夏休みはいつもじいちゃんの家に行って、じいちゃんのそばから片時も離れなかった。

　洋菓子屋が暇になる真夏、一週間だけじいちゃんは店を休みにする。父母が祖母を連れて祖母の実家の墓参りに行ってしまうと、じいちゃんは厨房に籠り小さな小さなお菓子をたくさん作る。それを朱い重箱に入れ、私を連れてバスに乗り、古い墓地に行く。奥の苔むした墓石の前で手を合わせ、重箱を供える。誰のお墓かは知らない。訊いたこともない。それから木陰に行って「好きなだけいいぞ」と私に食べさせてくれた。

　はじめて朱色の重箱を開けた瞬間を忘れたことはない。

　世界に色がついた。

　蟬の大合唱の中、色とりどりに光る甘い菓子を頰張った。宝石箱のようなそれをプティ・フールというのだと、じいちゃんは教えてくれた。

　店に並んでいる菓子とはまるで違っていた。どれもひとくちで食べられるくらい小さいのに、烈しく、華やかで、とても濃厚だった。ひとつひとつが輝くばかりに個性を放っていた。

　店の名前でもあるプティ・フールは「小さな窯」という意味だ。じいちゃんの心にはまだ赤々と燃える小さな窯がある。その火を灯してくれた相手に手を合わせているのだろう。その人は蕩《とろ》けるように甘いひとときをじいちゃんに与えてくれたのかもしれない。

それに気づいたのは、珠香を失った夏だった。

携帯を取りだし、珠香からきたメールを見返す。

――あきちゃん、結婚するの？　旦那さん弁護士ってすごくない？　ぜったい幸せになるよ！　あっもう幸せか〜。結婚式は呼んでね、ぜったいにいきたい！　これ、わたしの結婚式の写真ね。

ピンクのハートや、落ち着きなく動くキャラクターだらけの画面。無駄に長く内容のない文章。添付されたフリルのウェディングドレス写真。作りもののような女性が、見たこともない男性と顔を寄せ合って白い手袋でピースをしている。

「熊さん、若ハゲかあ」

苦笑すると、じいちゃんがいぶかしげに私を見た。

これが珠香の望んだ幸せなのだろうか。

画面の笑顔を見つめる。

鮮烈なものはどこにもなく、ただただ平坦だった。

こんな女は知らない。

こんな、私がいなくても幸せそうで、甘ったるいだけの生活を送っている女は。

激しく美しかった珠香はもういないのだ。

あの白い脚の傷口を見たかった。溢れでた血の珠は一体どんな味がしただろう。苦かっただろうか、酸っぱかっただろうか、甘かっただろうか。私はその味をずっと想像し続けている。ずっと、ずっと。

「あの赤い実」と、じいちゃんが口をひらいた。「えらく酸っぱかったな」

「イル・フロッタントって甘さが単調だから散らしてみた」

「そうか、ああいうのもいいな。お前の作る菓子はときどき苦かったり酸っぱかったり複雑だよな。でも、面白い。ああいうのがエスプリがきいてるって言うのか？」

「ちょっと違うかなあ」

しばらく沈黙が流れた。ふいにじいちゃんがこちらを見た。

「うちでも喫茶やるか」

「いいの？」

「ああ」

じいちゃんは目を細めて頷いた。薄青く暮れだした空気のせいか、皺がいつもより深く見えた。目を逸らし、下を向く。自分の汚れたスニーカーを見つめる。

「ねえ、じいちゃん」

「なんだ」

「私ね、お菓子を作るとき、祐介の顔を思い浮かべながら作っていないんだ」

「そうか」

「私ね……」

「それが悪いことか、良いことか、俺が決めることじゃねえよ。誰かに決めてもらわなくたって、お前の作る菓子はうまい。だから、それでいいんだ」

たんたんとした声だった。けれど、じいちゃんはまっすぐ前を見つめながら言った。真っ白なホールケーキにナイフを入れる時のように、何の迷いもない目で。

「そうだね」

頷いて、自分のてのひらの匂いを嗅ぐ。バターと生クリームの甘い脂の奥に、赤い果実の香りがした。

鮮やかな記憶は褪《あ》せない。誰にも奪うことはできない。たとえ、当の本人でも。思い出は私だけの宝物だ。

「ねえ、じいちゃん」

「なんだ」

「今夜ね、鍋らしいの。祐介も呼んであげていい？」

片眉をあげて顔をしかめ、じいちゃんはふんと鼻で笑った。

「仕方ねえなあ」

豆腐屋のおじさんがじいちゃんに声をかける。立ち止まりながら、「ほら、先に帰ってばあさんに言っとけ」と私の自転車のサドルを叩く。

「ありがとう」

「そうじゃない、はい、だろう。まだ営業時間内だ」

「はい、シェフ」と笑って自転車に飛び乗る。仕込みの段取りを考えながら、力いっぱいペダルを踏んだ。

Vanille

ヴァニーユ

細い手首が動いている。

ホイッパーがボウルとこすれあい、微かな金属音がたつ。鈴の音のようだ。手首はくるりくるりと踊るように動く。

見え隠れする青い血管がきれいだと思う。

もっとよく見たい、触って、手首を握りしめたい。

その肌の感触を想像し、銅のボウルがきらめきながら落ちてクリームが飛び散るさまを思い描く。白い液体はゆるやかに床に広がっていく。いけないことのはずなのに、痺れるように甘い衝動がわきあがる。

けれど、しない。できない。手を伸ばせない。

触れ方がわからない。触れて、その後、どうしたらいいのかもわからない。

だから、俺は手首の青い線をただ見ている。

かしゃん、かしゃん。

規則正しい金属音の合間に、なにかノイズのようなものが混じる。誰かが叫んでいるようだ。揺れる手首が遠ざかっていく。

突然、荒々しい足音が近付いてきて、勢いよくドアがひらいた。眉をつりあげた姉貴に名前を呼ばれて、やっと家のベッドの上だと気付く。

「いつまで寝てんの！　せっかくドーナツ買ってきてやったのに。三十分も並んだんだからね！　たかがドーナツに！　ったく、何回呼んでも起きないし」

仁王立ちでがんがんまくしたててくる。嫁にいってから三年、頻繁に顔を合わせなくなって久しいので甲高《かんだか》い早口に寝起きの頭がついていかない。

「……ドーナツ？」

姉貴は「はああ」と、わざとらしく目をむいた。

「あんた、忘れたの？　自分で頼んでおいて。今度帰ってくる時に買ってこいって、ご丁寧に店の地図までつけてメールよこしたくせに。わざわざあんたの休みの日に合わせて買ってきてやったのよ。ていうか、なんなの、その格好。夜遊びして着替えもしないで寝たわけ？」

「ああ、ごめんごめん」

夜遊びはしてないのだが、面倒くさいので謝っておく。

「ありがとう、は？」

「ありがとうございます。シャワーをあびてからいただいてもよろしいでしょうか？」

怒り狂う姉貴には、とにかく下手にでることが肝心。俺はベッドに手をついて深々と頭を下げた。

姉貴はふんと鼻を鳴らすと、腰に手をあてたままきびすを返し、またも荒々しく階段を降りていった。結婚してから年々破壊力が増していっている気がする。階下から「寝かしておいてやんなさいよ。あの子、今日からやっと夏休みなのよ」と母親の声がした。もっと早く言ってくれ、と溜息をもらしながらベッドに仰向けに倒れ込む。耳に乾いたものが触れた。手に取り、頭の上で広げる。カーテンの隙間から差し込む透明な光が紙片を照らす。

プティ・フール。

傾いた字で書かれている。ちょっとでも洋菓子が好きな人間なら誰でもわかる、ありふれた菓子の名前。その下には聞いたことのない商店街の名前と大雑把な地図が描かれている。亜樹さんの実家の洋菓子屋だそうだ。

よれたメモにはバターの匂いが濃くしみついていた。厨房の匂い。

あんな夢を見たのはこのせいか。

呟いて、亜樹さんが店を辞めてから一年が経ったことに気がつく。もう季節をひとまわりしてしまった。

また溜息がもれる。でも、さっきよりずっと深いところからでた気がした。

スマホで店の場所を検索しかけて、やめる。行ってどうする。会って、どうする。話すことも、報告することもない。

代わりにメールをひらく。ミナから三通きていた。一通目は昨夜の九時台。台風だいじょうぶだった？　とある。そういえば、厨房で風の音を聞いたような気がする。うちの店は一年に一回、八月末から九月にかけて一週間の休みがある。遅い夏休みだ。一週間といっても、仕込みがあるので店を開ける二日前から厨房に入らなくてはいけないし、休みの前日は徹夜で大掃除をするので、実質は四日しかない。昨日は終電を逃すことを予想してロードバイクで出勤した。案の定、帰ってきたのは朝の五時で、そのままベッドに倒れ込み、泥のように眠ってしまった。髪も肌も砂糖や粉でべたついていて、やはりバターの酸化した脂臭いにおいがした。

起きあがり、二通目をあける。

――明日からお休みだよね、あたしも明日は休みなんだ。スイーツめぐり行くならつきあうよー。

そして、三通目には新しくできたパティスリーやカフェの店舗情報が羅列されていた。ひとつひとつに何が有名だとか、最寄駅はどこだとかの解説がついていて、その上、効率的に何軒かまわるプランまで書かれている。それも午前スタートと午後スタートの二バージョン。ツアーコンダクターか。

ミナは美波《みなみ》という名前なのだが、出会った頃から自分のことをミナと呼ばせる。専門学校の時のバイト先で知り合った。顔は普通に可愛いし、女の子らしいスタイルだし、ミナの方が雰囲気に合っているけれど、相手に自分の呼び方を指定するのは押しが強すぎる感じがした。その印象は五年経った今も続いていて、ミナから誘いのメールがくるとちょっと腰がひけてしまう。

けれど、休みが合う友人は少ないし、男だけで行くと目立ってしまう店も多いので、ついつい誘いに応じてしまっている。

巻物のように長いメールを最後まで読んで画面を閉じた。行ってみたい店は何軒かあったが、先月もジェラートめぐりに付き合ってもらったばかりだ。毎月恒例だと思われるのもよくない気がする。シャワーをあびてから考えよう、と立ちあがる。

けれど、何かがひっかかっていた。ブラインドをあげると、ふんだんな光が分厚い料理本の上に積もった埃《ほこり》を照らしだした。俺の膝くらいの高さまで積み上がったそれらは亜樹さんが勧めてくれたものだった。どの本も安くはなかった。無理して全部買ったくせに、一冊も最後まで読めていない。

たくさんのパティスリーを食べ歩いても裏付けとなる知識と技術がなきゃ勉強にならないわよ、と亜樹さんなら言うだろう。わかってはいるけれど、いまひとつやる気がわかないのだ。亜樹さんがいなくなってから。

ふいに何かが繋がったような気がして、もう一度メールをひらく。ミナのメールに書かれていた最後の店。古い商店街のすみっこにある紅茶屋さんらしいんだけど、ワゴンサービスのスイーツがすごいおいしいってお客さんが言ってた。確かそんなコメントがついていた店。何度も指をスライドさせて、やっと目当ての文面に行きつく。

ふり返り、枕の横のメモを取る。

亜樹さんの実家の洋菓子屋と同じ商店街だった。

シャワーをあびてから、ミナにメールを送ってみた。もう昼を過ぎていたので、遅いかと思ったがすぐに返事がきた。買い物をしているから近くまでくるという。現地集合でいいのにな、と思ったが、駅についたらメールして、と返す。

悩んだ末、長袖に変えることにした。買ったばかりのＴＲＯＶＥの淡いベージュのロングシャツを選び、フレームの太い眼鏡をかける。ずるっとした、丈が長めのニットが好きなのだが、今日はなんとなく襟のあるものを着ておいた方がいい気がした。靴もサンダルはやめておく。

居間に行くと、台所のテーブルで母親と姉が喋っていた。

「台風たいしたことなかったわね。これで最後だといいけど」

に見えちゃう」

「最近のテレビって過剰報道しすぎじゃない？　なんか責任逃れしようとしてるみたい
「責任転嫁と言えば、朝のニュースのアナウンサー」

「あーあれ、びっくりした。お酒は自己責任よね」

いつも俺が座る場所に姉貴が座っていたので、その隣の椅子をひく。

「敦《あつし》は？」と姉貴に尋ねると、「保育園」と間髪いれずに答えて、飲酒で問題を起こしたらしいアナウンサーの話に戻る。まったく興味がもてない。

テーブルの真ん中で、茶色の油紙で個包装されたドーナツがサラダボウルに山盛りになっている。三つ選び、紙をむく。まずはプレーンから。

プレーンといっても和三盆糖をまぶしてある。生地は天然酵母で発酵させているそうだ。流行りのナチュラル志向の店らしい。ずいぶん人気があるようで昼過ぎには売り切れてしまうと聞いた。甘さ控えめで、ふわふわと食べやすい。けれど、いかんせんドーナツ。味を変えても単調だ。砂糖と粉と卵でできることは限界がある。

もっくもっくと咀嚼《そしやく》していると、絶え間なく喋る母親と姉貴の声が遠くなっていき眠気が蘇ってきた。

俺が働いているパティスリーは忙しい。厨房は毎日台風のようだ。徹夜が続いても、眠くなる暇もない。家に帰れば夢も見ずに眠り、すぐに朝がくる。その繰り返し。

久々の夢だったな、とさっき見た情景を思いだす。あれは亜樹さんの手だった。細い手首と滅多に笑わないクールな横顔。

どうせ夢ならもっと好きなことをしたらよかった。

一年経っても忘れられず、夢の中でも見ているだけなんて。

「女々しいよなあ」

呟いてしまっていた。すかさず、こちらを見た姉貴と目が合う。

「パティシエなんてやってる男がいまさらなによ」

いやいや、と思う。パティシエは男の世界だ。国内外問わず有名なシェフのほとんどが男性なのは他の飲食業と変わらない。全部がそうなのかは知らないが、俺の働く店は勤務時間が殺人的に長いし、基本的に体力仕事だ。おまけに給料だって安くて、実家暮らしでないとやっていけない。

それでも、セレブマダム御用達の一等地にある店は有名で、雑誌のスイーツ特集では必ず名前があがるため、毎年希望者がたくさん入ってくる。そのほとんどが半年もたずに辞めていく。二、三ヶ月で音《ね》をあげるならまだいい方で、三日や一週間で何の連絡もなしにこなくなる奴もいる。

そう言う俺も、専門学校を卒業して最初に勤めたレストランを一ヶ月で辞めてしまったという過去がある。その後も続かず、だらだらしていた時期が数年あった。姉貴にはその頃の俺のイメージしかないのだろう。顔を合わす度に「あんた、ちゃんとやってんの？」とずけずけ訊いてくる。

今の店に飛び込んだのは、姉貴が結婚して家を出た直後だ。フランス人シェフの名前が店名の、異様にお洒落な店で、まさか採用してもらえるとは思わなかった。

亜樹さんは厨房唯一の女性だった。

今、十三人いるスタッフはすべて男だ。店に女性がいないのは、経営者でもシェフでもあるギヨームが女嫌いだからとか、セレブマダム対策だとか、様々な噂があるが、本当は別に選んでいるわけではなく残らないからだ。

夢ではきれいだった亜樹さんの手首はオーブンの火傷痕だらけだった。ためらい傷とよく勘違いされる、と時々ぼやいていたが、ちょっと憂いのある亜樹さんの外見だったら無理もないなと思うほど痛々しい傷痕だった。普通の女性だったら嫌だろう。

けれど、亜樹さんの手は魅力的だった。動きに迷いがなく的確で、なおかつ優雅。その手はシェフに命じられる前にさっと動いて、必要なことを正確にやってのけた。パートもクリームもチョコレートもフルーツも彼女の手に吸い寄せられて美しくかたちを変えた。

亜樹さんの手はとても冷たいらしい。シェフはよく大理石のようと形容し、「亜樹はお菓子の指を持っている。ショコラティエにだってなれる」と褒めていた。

俺はその手を二年間ずっと見ていただけだった。

亜樹さんは確か姉貴と同じ齢。俺の四つ上だ。ギヨームの店では二年先輩だったが、亜樹さんは普通の大学をでてから菓子の世界に入ったので、あの頃の彼女の経験値は今の俺とほとんど変わりなかったはずだ。なのに、俺とは全然違う。技術も知識も、なにより落ち着きが違う。亜樹さんは厨房の空気に馴染んでいた。まるで、生まれた時からそこにいるかのように。もちろん、亜樹さんより上の先輩だっていたし、有名なシェフと同じ厨房にいられるだけで勉強になった。けれど、俺の憧れは亜樹さんだった。

そんな亜樹さんが店を辞めると聞いたのは、ちょうど一年前。夏休みの前日の朝だった。

次に行く店は決まってないらしいと、同期の武《たけし》が天板を運びながら俺に耳打ちした。メインの厨房、オーブン前、包装室、砂糖部屋と呼ばれるコンフィズリーやコンフィチュールをつくる厨房、貯蔵庫、サロンなど広い店内をうろちょろしながら亜樹さんが辞める理由を探った。シェフは「マリアージュ！　祝福してあげようね」と甘いスマイルでウインクをし、あだ名がお父さんの正次《まさつぐ》先輩は「あいつ、ばあさんが倒れたみたいで家が大変らしい」と心配そうに言い、唯一残った後輩のユウヤは「そろそろ自分の菓子作りがしたいらしいっすよ」とわかったような顔をした。

どれが本当なんですか、とショーケースの仕上げを終えた亜樹さんを追いかけると、

「全部」と素っ気なく返された。手を休めることなく俺を横目でちらりと見て、「それよりいいの？　澄孝《すみたか》くん、休み明けから組み立てのサポートだよ。レシピ全部覚えてるの？」と静かな声で言った。

青ざめた俺に「コピーは駄目だよ」と閉店後に自分のノートを手渡し、俺が写し終えるまで深夜のファミレスで待っていてくれた。明け方に見た眠気で真っ白になった顔を最後に、亜樹さんのすらりとした後ろ姿は厨房から消えた。

ぱちん、と目の前で何かが弾けた。姉貴が両手を合わせて俺を覗き込んでいた。母親はコンロの前に移動している。

「ねー、どう？」

「え？」

「ドーナツよ」

姉貴が眉間に皺を寄せた。まくしたてられる前に慌てて感想を言う。

「んー上手に発酵させてるよ、食感がすごく軽い。甘さも控えめだからぱくぱくいける。黒豆とか発芽玄米とかきなことかってさ、健康志向のご時世だから受けるんだろうね」

「あーやめてくれる、その食通ぶった解説口調。男ってほんと理屈っぽいよね。一言おいしいでいいのに」

ちゃんと聞いてあげなさいよ、と言うように母親が姉貴に紅茶のマグカップを渡す。

「ただ俺はもう少し甘くてもいいかなって思うけど」

「甘くないんだ。じゃあ、一個食べようかな」

「味というか、香りが。揚げ油の匂いが勝っちゃってるんだよね。あ、でも、そのココアのは甘くないし姉ちゃんでもいけるかも」

冷蔵庫の前で母が笑った。コップに野菜ジュースを注ぎ、俺の前に置く。

「澄孝は小さい頃からバニラエッセンスの匂いが大好きだもんね」

姉貴が「あーそうそう」と腕を組んで頷く。

「クレープとかパウンドケーキとか作ってくれるのはいいんだけど、胸やけするくらい甘い匂いだった！　バニラエッセンスを入れすぎなのよね。まともにお菓子作れてんの、あんた」

「昔の話だろ」

野菜ジュースを片手にシナモンのドーナツを手に取る。

「それに、うちの店はバニラエッセンスなんてないし。本物のバニラビーンズしか使わない。シェフの好みでタヒチ島のやつ」

亜樹さんの好みでもあった。タヒチ島のバニラビーンズのさやは太く艶があり、香りは強く華やかだ。

母親と姉貴がドーナツを持ったまま、ぽかんとした顔をしている。

「バニラエッセンスはさ、ほとんどが合成香料でつくられたものなの。要するに、偽物の香り。バニラビーンズってけっこう高いから」

ふいにスマホが鳴った。

駅についたよー、とミナから絵文字だらけのメールがきていた。ドーナツを半分食べ、野菜ジュースを飲み干す。

「そういえば、あんたの店、雑誌で見たわ。美容院で」

姉貴が紅茶をすすりながら言うと、「ああそれ、買ったわよ」と母親が雑誌ラックの方へ小走りで向かう。

「ほらほら」

テーブルに雑誌をひろげる。厨房の写真に俺も小さく写り込んでいる。

「わ、すごいじゃない。でも、けっこう高いよね。ちょっと手がでないわ」

「シェフが素材に妥協しないから、どうしてもね」

「今度、あんたのケーキ買ってきてよ」とねだる姉貴に、俺のケーキなんてものはひとつもない、と思いながらも軽く頷いておく。

「出かけてくる」

残りのドーナツを口に押し込む。

「夜は母さんが餃子作るって、皮から」

「旦那放っといていいの？」と言うと、「うるさい！」と一喝された。

ドーナツの紙を丸めて立ちあがると、姉貴が俺の長いシャツの裾とロールアップしたズボンを胡散臭げな顔で見た。

「もう、いつまでもちゃらちゃらして」

そうけなした後に、「まあ、でも、ちゃんと働いてんだね」と俺の尻を軽く叩いた。

台風が過ぎた空は高く、風は心なしかひんやりしていた。もう夏も終わりだ。

駅に着くと、向かいのコンビニからミナが走り出てきた。

ネイルサロンで働いているミナは会う度に髪型が違う。今日は毛先を内巻きにしたボブヘアーに赤いメッシュが入っていた。上はまだ半袖だが、秋っぽい生地のペプラムスカートにオープントウのショートブーツを履いている。いつも今しかできないような流行りの格好をしている。

「お昼は？」と訊かれたので、「食べた」と答える。「朝ごはんだけど」と言うと、ミナは可笑しくもないのに高い声で笑った。

ミナはちょっとしたことでも声をあげて笑う。いつでも笑顔の子はいいよな、と先輩たちは言うけれど、俺は気を遣われているようで少し落ち着かない。

「昼飯まだなら付き合うよ」と言うと、ぶんぶんと首をふった。ドーナツを持ってきてあげればよかったかなと一瞬思ったが、「スミ、ありがと」と上目づかいで見上げられ、持ってこなくて正解だと悟る。その呼び方はお婆さんみたいで嫌なんだけどな、とも思う。返す言葉が見つからず、「じゃ、行こうか」と促して改札に向かう。

ミナの気持ちはなんとなく知っている。可愛いな、と思うこともある。でも、何かが違う。靴の中の小石のような違和感がわずかに気持ちを鈍らせる。

新しくできたブーランジュリーを覗いて、ニューヨークの有名ショコラティエが手がけるカフェに行った。淡いブルーと白のロココ調の店内にミナは喜び、ますますテンションが高くなった。凝ってはいるけれど、棚から椅子の脚から窓枠まで装飾過多すぎて疲れる。おまけに素材と色が安っぽい。偽物のバニラエッセンスみたいだな、とぼんやり思う。ただただ甘いだけの代物。亜樹さんなら「ニューヨークなのに、ロココ調ね」と静かにテンションが下がっていくだろう。亜樹さんはそういう人だった。

亜樹さんの結婚相手は弁護士らしい。俺は付き合っている人がいたことすら知らなかった。意地悪な先輩たちは、やっぱり女だから安定に走ったんだろうな、と笑った。そうは思いたくなかったけれど、一年経った今も自分の店をオープンしたという噂をきかないということはそういうことだったんじゃないか、と囁く自分がいる。今は実家の店を手伝っているらしい、古い洋菓子屋だって。そう言ったのは正次先輩で、昨日その店の名前を教えてくれた。老舗ですか、と訊くと、いや全然知らん店やな、と時々関西弁に戻る低い声で正次先輩は答えた。主婦の片手間でバイトみたいな仕事をしているのか。その程度の人だったのだろうか。

そんなことを考えて、お前は何様だよと恥ずかしくなった。幻滅してしまうのは楽だ。それ以上傷つかなくて済むから。

頭をふり、デザートメニューのメモを取ることに集中しようとする。

ミナはずっと喋っていた。時々「おいしーい」「かわいー」と歓声をはさみながら、ネイルサロンの客の愚痴や秋のファッションの傾向など話題をころころと変える。女性の好むものには敏感でいなさい、とシェフがよく言うので、俺は化粧やファッションにはそこそこ詳しい。質問すればミナも嬉しそうに話してくれる。毎回、ネイル自慢も欠かさない。

「今日のネイルはツイードなの。秋先取りでシックじゃない？」とテーブルに手を広げて爪を見せてくる。ツイードって確か布の種類だよな？　布張ったのか？　と悩みつつ、つるつるの爪を目を細めて見ると、確かに繊維模様のようなものが描かれている。ベージュのフレンチネイルになっていて、境目にはラインストーンが埋め込まれている。けど、ピンクのツイードってシックといっていいだろうか。返事に窮している間に、ミナは「トイレ」と言って席を立ち、すぐに「もー恥ずかしい、チョコが唇についていた」と笑いながら帰ってきた。

店内装飾はともかく、ガナッシュ・ショコラは変わったものがあって面白かったのでいくつか買った。

店を出て、「ねえ、もう一軒寄っていい？　この近くのパティスリーなんだけど」と駅に向かおうとしたミナを引きとめる。

「いいよ、あの風見鶏のロゴの店？　スミ好きだよね」

「うん、持ち帰りだけだからすぐ済む」

「あたしも買って帰ろうかな。次行く紅茶屋さんってイートインだけらしいし」

チェーンのついた赤いハンドバッグをぶらぶらさせながらミナは先にたって歩きだす。迷うことなく進んでいく。ミナは一緒に行った店を決して忘れない。

すぐに風見鶏の看板が見えてきた。ミナは弾むような足取りで石段を登り、アーチ状の両開き扉を開ける。すぐ手前にショーケース。横の棚には焼き菓子や、クロワッサンやデニッシュなどのイースト菓子がぎっしり。この店は写真が禁止だから覚えて帰らなくてはいけない。

ミナは色とりどりのショーケースを覗き込み、「このネイルだったら、やっぱりシックにベイクドチーズケーキかな」とぶつぶつ言っている。

ミナは手づかみでケーキを食べるのが好きらしい。彼女はそれを「大人食い」と呼んでいて、爪のデザインを変える度にケーキを買って帰るそうだ。可愛い爪がきれいなケーキに食い込むのを眺めるのが好きだと言う。その感覚はちょっとわからない。女の子特有のものなのだろうか。なんとなく、病んでいる感じがして怖い。とりあえず「カシス系のムースがいいんじゃない。そのネイル、バイオレットのラインが入っているし」などと言ってみる。

ミナははっと俺を見上げ、「スミってほんとセンスいいよね」と感嘆の声をもらして、素直に俺の指したケーキを注文する。おだてられているのか、本当にそう思ってくれているのかはわからないけれど、褒められて悪い気はしない。もてるんだろうな、この子、と思う。

ショーケースをもう一度眺めて、キャラメル・ポワールを頼んだ。二つ、箱に詰めてもらう。かりかりのプラリネと洋梨のコンポートがキャラメルムースの中に入っている。ここの店のものは底に洋梨のムースも隠れていて、こんもり絞られたキャラメルムースの上にはキャラメルがかかっている。この濃厚なキャラメルが亜樹さんのお気に入りだった。

包装を待っているふりをして店内をぶらりとまわる。最後の週とはいえ、まだ八月なのに焼き菓子の品ぞろえがよく、もう栗や林檎をつかった焼き菓子がでていた。ここはデパートに卸したりしているから早いのかもしれない。

うちの店はけっこうのんびりしていて、休み明けに秋のメニュー会議がある。定番も新商品もほとんどシェフが決めるが、時々スタッフが考えたものが採用される。

亜樹さんが考案した栗のマドレーヌは美味しかったな、と懐かしく思う。糖衣がかかっていて、さくっとした歯触りの後にじゅわっとラム酒たっぷりの生地が口の中で溶けて、ねっちりした栗のグラッセが最後に残る。亜樹さんは菓子にぎりぎりまで酒やスパイスをきかせた。大人しそうな外見に似合わず、刺激的な菓子を作った。

店員に呼ばれて、ケーキの入った紙袋を受け取る。

ミナが首を傾げながら「お土産？」と訊いてきた。「今日はたくさん買うね」

「姉貴が帰ってきているから。あ、ごめん、だから次の紅茶専門店に行ったら帰る」

嘘ではない。誰に、とは訊かれていないし、亜樹さんに渡せる確証もない。返事がなくて顔を見ると、ミナは「家族仲いいよねー」と笑った。


夕方前に電車を降りた。

ホームがひとつしかない小さな駅だった。無人改札を抜けて踏切を渡ると、目の前に商店街の入口のアーチが見えた。くすんだ電飾のついた昭和な感じの商店街だった。亜樹さんの実家の洋菓子屋は通り沿いにあるらしいので、紅茶専門店に向かう途中で見つけられるはずだ。

制服姿の女子学生が三人、けたたましく笑いながら俺らを追い越していく。幼い子供をママチャリに乗せた中年女性がスーパーの袋をがさがさ鳴らしながら通り過ぎる。あちこちで老人たちが立ち話をしている。夕暮れ前のゆるい騒々しさが町を包んでいた。

風が吹いて芳《こう》ばしい匂いを運んできた。どこかでほうじ茶を煎《い》っているようだ。公園の前を通ると、蟬の声がとぎれとぎれに聞こえた。進むにつれ、つい言葉少なになってしまった。ミナは「あ、お惣菜屋さん」とか呟きながらきょろきょろし、手芸店や花屋を覗いたりしていた。

バターの香りに足が止まる。

顔をあげると、古びたひさしの洋菓子屋があった。昔ながらの全面ガラス張り。看板には大正時代のポスターみたいな飾り文字で『西洋菓子プティ・フール』と書いてある。西洋ってざっくりしすぎだろう。おまけに片仮名かよ。すでに気持ちが萎《な》えてしまい、困ったなと思いながら目をさまよわすと、店内のコック帽を被った爺さんと目が合ってしまった。二重のぎょろっとした目だった。慌てて逸らし歩きだそうとした途端、立ち止まったミナが店の自動ドアを開けてしまう。ショーケースの向こうに立ったふっくらしたお婆さんが微笑む。

入らざるを得なくなってしまった。「わー、レトロ」と声をあげるミナの後ろについて入り、今にも唸り声をあげそうな旧式の巨大なショーケースをそっと見る。

プラスチックの容器に入ったババロアやプリン、バタークリームで動物をかたどった斬新さのかけらもないケーキ、皮がふにゃふにゃのシュークリーム。極めつけは銀紙を敷いたショートケーキ。苺とスポンジと生クリームのショートケーキは決して西洋菓子ではない。日本にしか存在しないケーキだ。

店内に亜樹さんの姿はない。老夫婦がじっと佇んでいるだけだ。奥の厨房からかすかにAMラジオの音が聞こえてくる。これでいい。ここに亜樹さんがいて欲しくはない。

「出よう」

背を向ける。「えー」というミナを置いて店を出る。ミナが小さくぺこりと頭を下げたのが視界のすみに入ったが、構わず歩きだした。前から来た自転車を避けて少しよろめく。

がっかりしているのか、ほっとしているのか、もしくはその両方なのかわからなかった。ただ、一年前からあるぽっかりとした空洞が深さを増したような気がした。何も変わらないというのに。

「なんか機嫌悪い？」

追いついてきたミナが横に並ぶ。

「いや、紅茶屋六時までって書いてあったから急いだ方がいいかなって思っただけ」

「そっか」とミナが笑う。

「今の店レトロだったたね。レモンケーキとかおいしそうだった。あとクリームで作った羊も可愛かった」

「でも、あれ普通のバタークリームだよ」

「すごーい。見ただけでわかるの。バタークリームってちょっと重いよねえ。昭和のケーキって感じがするー」

頷いて、歩を速める。勝手に期待して勝手にがっかりして馬鹿みたいだ。

ふいに揚げ油の匂いが鼻に届く。肉屋の軒先に、黒毛和牛コロッケと書かれたのぼりが見える。

肉屋の斜め向かいに目をやると、細道を入ったところにアールヌーヴォー風のランプが下がっているのが見えた。「あった!」とミナが声をあげた。

中年女性の二人連れと入れ違いで店に入ると、俺たちの外に客はいなかった。薄暗い店内のあちこちでランプが点り、重厚な家具を飴色に照らしだしていた。紅茶専門店というよりはアンティークショップのようだ。カウンター後ろの戸棚にずらりと並んだ紅茶カップが目に入り、少し安心する。

「いらっしゃいませ」

カウンターの奥から白いシャツにきっちりベストを着た初老の男性が出てきた。整えられた口髭といい、ポケットから垂れ下がった懐中時計のチェーンといい、いかにも英国紳士という感じだ。

ケーキセットを注文した。産地や収穫時期まで記された紅茶のメニューを眺めていると、男性が木製のワゴンを押してきた。

「申し訳ありません。焼き菓子は二種類しか残ってないんです」

ワゴンの上の大皿には三分の一ほどになったサヴァランと、ごつごつした素朴なパイのようなものが載っていた。切り口からとろりとした黄緑の果実がのぞいている。

「これ……」

思わず声がうわずる。

「パテ・オ・プリュンヌですよね」

男性はにっこりと頷いた。

「ええ、そうです」

「プリュンヌ？」とミナが首を傾げる。

「フランスの緑色のプラム。酸味が特徴で夏の間しか出まわらないんだ」

男性がまた深く頷く。

「女王様のプラムと呼ばれるそうですよ。ええと……」

「レーヌ・クロード」

「よくご存知ですね」

ミナが得意そうに「彼、シェフなんです、お菓子の。パティシエさんなの」と俺を見た。「違うよ」と慌ててミナの話を遮る。

「シェフっていうのは厨房のトップだけ。俺はただのスタッフ」

男性はミナに微笑みかけると、「そうでしたか、プロの方だったんですね。失礼致しました。実はそのお菓子を作っているのは私ではないんですよ。いまちょっと買い物に出ていまして。知ったかぶりはいけませんね」と穏やかな口調で言った。

「あの、すみません。どこで仕入れたかご存知ですか？」

「長野の方にプラム栽培に力を入れている農家さんがあるみたいですよ。後で訊いておきますね」

ふと、農家と直接やり取りをして食材を買いたい、と亜樹さんがよくシェフに訴えていたことを思いだす。図々しいことを尋ねたのに、男性は気を悪くした様子もなく丁寧に言うと、「申し遅れましたが、ジャスミンのクレーム・ブリュレとピーチ・メルバもありますよ」と微笑んだ。

「ピーチ・メルバ？」

「桃のコンポートを使ったパフェみたいなもの」

「桃！」とミナが目を輝かす。その勢いで「あのー、アイスティーとかありませんか。喉渇いちゃって」と男性を見上げる。紅茶専門店で何を言うんだとはらはらしたが、男性は「まだ暑いですよね。炭酸を入れることもできますよ」と笑顔を崩さなかった。

ワゴンの焼き菓子は先にだしてもらうことにした。サヴァランとパテ・オ・プリュンヌの両方を皿に盛ってもらう。男性がワゴンと共にカウンターの奥に消えると、フォークを手に取った。

パテ・オ・プリュンヌは、夏になると必ず亜樹さんとシェフの話題にのぼる菓子だった。亜樹さんはフランス留学の経験があったので、よくシェフとフランス郷土菓子の話をしていた。ロマンチストのシェフはこの菓子を「ひと夏の恋」と呼んだ。

ほろりと崩れるサブレ生地。甘酸っぱい果肉。砂糖を極限まで抑えて果実の酸味を生かしたシンプルな菓子。はじめて食べたのに、どこか郷愁を感じさせる素朴さだった。

フランスの郷土菓子をもっと広めたい、と亜樹さんは言っていた。地味に見えて細部にまでこだわりがあり、洗練されているところがすごい、と目を輝かせていた。

例えば、有名なフォレ・ノワールも元々はアルザス地方の郷土菓子だ。黒い森という意味だが、ただ真っ黒なだけではなく、生クリームとチョコレートとグリオットチェリーで、白、黒、赤の潔い美しさを演出している。

お酒のきいた真っ赤なシロップをビスキュイ生地に打つ亜樹さんが浮かぶ。「アンビベして」とシェフに言われて戸惑う入ったばかりの俺に、「ビスキュイの時のシロップは塗るでも浸み込ませるでもなく、打つ、よ。それがアンビベ。とりあえず見てて」と教えてくれたのは亜樹さんだった。

呼ばれた気がして我に返る。顔をあげるとミナと目が合った。

「ひとくちちょうだい」と、サヴァランの方へフォークを伸ばしてくる。

「ねえ、ババとサヴァランってどう違うの？」

「ざっくり言うと、かたち。サヴァランはリング状でくぼみにクリームを詰めてある。あんな風に大きいものだと見映えがするしワゴンサービスには向いてるけど、大きければ大きいほど中までシロップを浸み込ませるのが難しくなるんだ」

この場合のシロップは浸み込ます、でいいんですよね。なんとなく心の中で問いかけてしまう。

突然、ミナが顔をしかめた。

「お酒きついー」

口をゆがめてなんとか飲み込もうとしている。

その時、背後のドアが閉まった気配がした。細長い影が足早に、けれど静かにカウンターの奥に消えていく。

サヴァランの端にナイフを入れる。シロップがじゅくりと浸みだす。柑橘系の香りと芳醇なラム酒が鼻を抜けていく。

フランスではラムが少ないと文句を言われるくらいらしいが、日本ではお酒は控えめにしている店も多い。けれど、このサヴァランはまるで手加減がない。

この味は。このぐらぐらするほど酒のきいた甘い菓子を作る人は。

「失礼します」

細い手首が目の前にあった。オレンジで飾られた背の高いグラスを置いて、すっと離れていく。

「スパークリングティーになります。申し訳ありません、お客様。お酒は苦手でしたでしょうか。すぐにピーチ・メルバをお持ちしますのでお待ちください」

女性にしては低く、凛とした声。

「亜樹さん」

間抜けな声をあげて見上げた俺に、亜樹さんは最初から気付いていたとでも言いたげにゆっくりと小さく頭を下げた。


ミナを駅まで送った。

ミナは道すがら、ピーチ・メルバは夢みたいな食べ物だ、と言い続けていた。

「あれは家では無理だよねえ。お店じゃなきゃ食べられないスイーツだね。頭の中が桃でいっぱいになっちゃった。あの名前のネイル作ってみようかな」

俺は相槌を打ちながらもずっと亜樹さんのことを考えていた。店ではまったく話せず、もちろん今日買った菓子を渡すこともできなかった。個人的な会話なんて、帰り際に

「辞めてないよね？」と訊かれただけで、俺は馬鹿みたいに生真面目に「辞めてません」と返すことしかできなかった。

　踏切の前で「じゃあ」と言うと、ミナは怪訝な顔をした。線路の向こうに見える夕日はもう半分以上沈んでいる。駅前はざわめきを増していた。

「ちょっと買い忘れたものあるからここで」

　ミナはしばらく俺の顔を見つめて、「さっきの人って誰？」と小さな声で言った。

「店の先輩」

「スミの店って女の人いたっけ？」

「いたよ」

　時間が気になったので簡潔に答えた。もう六時を過ぎている。亜樹さんが紅茶屋を出てしまう。あの人、後片付けはものすごく手際よかったから。

　ミナは何か言いかけて口をつぐみ、「またメールするね」と小さく手をふると、踏切の前を曲がり改札前の人混みにまぎれた。

　背を向けて、もと来た道を戻る。

　すぐにスマホが鳴り、楽しかった、ありがとう、という旨のメールがくる。ミナと別れるといつも微かな罪悪感がわきあがる。いつも俺が行きたい店をまわるだけで、それが終わればバイバイ。一人暮らしだというミナの晩飯に付き合ったこともないのに、どうして楽しかったなんて言えるんだろう。

なんだか苛々してきて走っていると、横を通り過ぎた自転車にベルを鳴らされた。

ふり返ると、サドルをまたいだ亜樹さんが横目で俺を見ていた。紅茶屋の白シャツのままだ。

「どこいくの？」

なんとか息を整えて「亜樹さんこそ」と言うと、亜樹さんは「あそこ、うちの店だから」と四、五軒先の白い明かりがもれる店を指した。さっき見た『西洋菓子プティ・フール』だった。

「ご実家なんですよね」

亜樹さんは首を横にふり、「じいちゃんち」と言った。じいちゃん、という言葉がなんとなく似合わない。

「寄っていく？」と顎をしゃくる。「もうすぐ閉店だけど」

「え……」

俺の返事も待たずに自転車を降りて歩きだす。慌てて追いかける。

「さっきの彼女は？」

亜樹さんが俺を見る。後ろでひとつにまとめられた黒髪は以前より伸びていた。化粧気は相変わらずない。前と後ろの両方に籠がついた自転車がぎいぎいと耳障りな音をたてる。

「彼女じゃありません」と俺は答える。「ほら、シェフがいっつも言ってるじゃないですか、出かける時は女性と行けって。女性の流行に敏感でいろって」

言ってから、今の亜樹さんにとってのシェフはギヨームではないことに気付いた。俺と亜樹さんはもう同じ厨房にはいない。

「彼女のこと好きなの？」

突然言われて驚いた。亜樹さんは何でもない顔をして店の前に自転車を停めている。

「いや……あの、嫌いではないですけど、好きって感じじゃないっていうか……」

心臓がばくばくいってうまく言葉がでてこない。

「ああ、それは」

亜樹さんが困ったように笑う。

「ええと、ギヨームの言うことを言葉通り受け取ったら意味ないんだよ」

昔から亜樹さんだけは時々、シェフをギヨームと呼んだ。シェフはスタッフの全員を名前で呼んだが、さすがに呼び返せる者は亜樹さん以外にいなかった。

「え？」

「じいちゃんに訊いてみなよ」

そう言うと、大きな紙袋を両手に提《さ》げて明るい店内に入っていく。「持ちます」と言う隙もなかった。ショーケースの裏でしゃがんでいた爺さんが立ちあがり、亜樹さんに「おう」と声をかける。

　亜樹さんは「前の店の後輩」と最少の説明をすると、奥の厨房に消えた。

　爺さんはぎょろりと俺を見た。

「なんだ、さっきの兄ちゃんか。あんた、菓子職人だったのか。らしくねえなあ」

「え、どういう意味ですか」と思わず聞き返してしまってから、慌てて頭を下げた。

「すみません、亜樹さんにはお世話になってます」

　爺さんは「ああ」と気のない口調で言うと、またショーケースの裏に潜ってしまった。

どうしたらいいかわからずにいると、「こんばんは」と弱々しい声が聞こえた。

　三十代くらいの細い女性がひたひたと入ってくる。ちょっと不安になるくらい細く、顔色も悪い。上質そうな服を着て、綺麗な顔立ちをしているのに、どこか陰がある。

　女はまっすぐにシュークリームの棚の前までくると、「ああ、よかった。今日はまだある」とあぶくのような声で言った。

「あの、これ全部お願いできますか？」

　爺さんが返事をするより早く、亜樹さんが厨房から顔をだした。一瞬、空気にぴりっとしたものが流れる。他の人間ならわからなかったかもしれない。けれど、亜樹さんと一緒に働いたことのある俺にはわかった。亜樹さんが怒った時に放つもの。

爺さんもわかったのか、口をひらきかける。それを遮るように亜樹さんは「申し訳ありません」と言った。

「先にそちらのお客さんがお買い上げされているんです。三個でもいいですか？」

女が俺を見た。ええっと思ったが「すみません」と頭を下げておく。女は肩を縮めて頭を下げると「あ、では、それで」と小さな声で言い、ショーケースを見まわした。佇まいに似合わぬ猛禽類を思わせる激しい目つきにちょっと背筋がひやりとした。

ショーケースはほとんど空になっていた。女は結局、タルトとバターケーキ以外の売れ残ったケーキを全部買った。

女が帰ると、爺さんは「なあ、亜樹」と亜樹さんを見た。

「うん、わかってる。じいちゃん、ごめん、ちょっと出てきていい？」

シュークリームを箱に詰める亜樹さんの周りにはまだぴりぴりした空気が漂っていた。爺さんが溜息をつき、何か言おうとした。ぱちん、とショーケースの照明が消え、いつの間にかお婆さんがそばで微笑んでいた。

「もう、お終いですよ」

「ああ、そうだな。行ってこい」と、爺さんが亜樹さんを見ながら頷く。

「ありがとう、すぐ戻る」

シュークリームの入った箱を紙袋に入れると、亜樹さんは俺を目で促して店を出た。

そのまま斜め向かいの小さな商店に入っていく。

追いかけながら、俺が亜樹さんに従ってしまうのって先輩だからというより姉貴と同じ齢だからなのかなとぼんやり思った。タイプは違うけれど俺への対応はちょっと似ている。亜樹さんにとって俺は弟みたいにしか見えないのだろうか。

はっとなって立ち止まり、「あの」と爺さんをふり返る。爺さんは、なんだ行かないのか、という顔で俺を見た。

「さっきのどういう意味ですか？」

「あ？」

「あの……俺がパティシエっぽくないって」

「菓子職人ぽくないって言ったんだよ。あんな若くて可愛い子連れて菓子屋来ておいて、ショーケースばっかり見ているからさ」

「えーと……ちょっと意味がわかんないんですけど」

爺さんはコック帽を取ると、つるつるの頭を荒っぽい仕草で撫でた。

「だからさ、あんたはあの子がうちの店で一番食いたいって思った菓子が何かわかったか？　俺はわかったぞ。レモンケーキだ。後で訊いてみろよ。そういうことだ」

「え、もっと詳しくお願いします」

「あんた、面倒な奴だね。俺の厨房にいたら放り出してるぞ。あのな、女ってさ欲望に正直なんだよ。欲しいもの、手に入れたいものを目で追っちまうし、感情が顔にでやすい。人を喜ばせるものを作りたかったら若い女の反応を見たらいいんだ。女を昂奮させない菓子は菓子じゃねえ」

一瞬、頭が真っ白になった。蛍光灯の光あふれる、お世辞にも洒落ているとはいえない店内をもう一度ぐるりと眺める。さっきの亜樹さんの困った笑顔を思いだす。シェフが言っていたことはこういうことか。でも、それはミナでは気付けない。俺自身がミナに興味がないから、ミナの好きなものを知ろうとはしてこなかった。

「あのな、それ基本だぞ」

爺さんがコック帽を被りなおす。

「まあ、でも、男にはなかなかわからないかもな。男は、ほら、いくじなしだからさ。望む前に自分に釣り合うか考えちまうからな。服でも、菓子でも、女でも、美しければ美しいほど、こりゃ無理だって諦めて逃げちまうだろ」

自分のことを言われている気がして耳が熱くなった。自尊心を満たすためだけに、気がないのにミナを手放さない自分。亜樹さんに惹かれながらも、叶わないとわかっているから尊敬という気持ちにすり替えている自分。望んだことなんてなかった。

自動扉が開いて背の高いサラリーマンが入ってくる。

「あれー、すっからかんだね」

残念そうな声に、爺さんは人が変わったような笑顔で応じる。

向かいのシャッターの下りた八百屋の前に亜樹さんが立っているのが見えた。

「ありがとうございました。俺、行ってきます！」

大声で言うと、爺さんは「なんだ、お前」とうるさそうに片手で追い払う仕草をした。

亜樹さんは近くの公園まで行くと、砂場の前のベンチに座った。スニーカーの先で蝉の死骸を軽くつつく。

「夏が終わるね」

「夏、好きですか？」

Tシャツからのびる細い腕に触れないようにそろそろと隣に座る。夕涼みの風にのってかすかに汗の匂いがする。それが、公園を囲む木々の青い香りとまじって妙にざわわした気持ちになる。

「夏は節目の季節かな。ほら、これから忙しいじゃない。あとは……」

亜樹さんは誰もいないすべり台を見た。

「昔のこと、いろいろ思いだすかな」

見たことのない顔をしていた。痛いような苦いような、でも、うっすら笑っているようにも見えた。「あの！」と紙袋を手渡す。

「これ、新しくできたブーランジュリーのパン・オ・レザンとクロワッサン・ダマンドです。あと、ニューヨークのショコラティエのガナッシュ。セロリとか面白いのがあったんで。亜樹さんが好きなタヒチバニラのガナッシュもあります。それと、キャラメル・ポワール。ここの好きでしたよね」

亜樹さんは目を丸くして俺を見つめていたかと思うと、あははと大声で笑いだした。滅多に見られない笑い顔。見蕩《みと》れていると「変わらないね」と俺を見た。目尻の涙を指先でぬぐう。

「そうすかね」

言いながら、やっぱりこの人が好きだ、と思った。軋《きし》むように、呻くように、胸がそう告げる。笑顔ひとつでこんなに甘い気持ちにしてくれる人はいない。

亜樹さんはすっといつもの真面目な顔に戻ると、「そっか、キャラメルか……」と呟いた。菓子作りのことを考えているのだろう。名残惜しく眺めていると、「はい、これ」とビニール袋から平たいカップを取りだした。

「タヒチバニラじゃなくて大量生産の人工バニラだけど」

そう言って手渡してきたのは、スーパーカップのバニラアイスだった。自分の分の蓋をあけ、さっさと食べはじめる。

「ちょっと溶けたくらいが好きなんだよね。ここにマデラ酒とか混ぜるのが一番好き」

「澄孝くん、よく帰り道でコンビニ寄ってこれ買ってたじゃない。散々お菓子の試食した日とかでも。ガリガリ君とかじゃなくて、またバニラアイスなんだって、笑ったわ」

見られていたのかという恥ずかしさと、覚えてくれていたのかという嬉しさでぐちゃぐちゃになる。

「なんかほっとするんですよ、この味。どんな焼き菓子にも合うし」

働きはじめた頃、一日中太陽の光の当たらない厨房にいて、家にまっすぐ帰るのも悔しいけれど疲れ果てていてどこにも行きたくない時、公園でバニラアイスを食べた。

「私も小さい頃、よくじいちゃんがこれ買ってくれた。この公園で一緒に食べた」

亜樹さんが子供みたいに足を投げだした。家族のことを話す亜樹さんはいつもとまるで違う。厨房以外の場所でこんな風に二人でいることに、改めて不思議な気分になった。

「これ」と、シュークリームの入った紙袋を渡してくる。

「もらってくれる？　なんか巻き込んで申し訳ないけど。私、じいちゃんのシュークリーム好きなの、ふわふわで優しくて」

受け取った俺の顔をまっすぐに見て「意外でしょ」と呟く。

「はい」

正直に答える。

「ほっとするものを選ぶのは悪いことなのかな、そういう時もあっていいんじゃないかって最近は思うんだよね。そういうものを求めている人もいる。でもね、じいちゃんのケーキはそれだけじゃなくてね」

　亜樹さんがケーキの紙箱をあける。「ちょっと味見して」とクリームで羊をかたどったケーキと、シンプルなロールケーキを差しだしてくる。ひとくちずつ齧《かじ》る。

「あれ？」

　二つとも同じバタークリームだと思っていたのに違う。

「わかる？　多分、羊の方はクレーム・オ・ブール・ア・ラ・ムラング・イタリエンヌ。ロールケーキはクレーム・オ・ブール・ア・ラ・パータ・ボンブ」

　クレーム・オ・ブールとはフランス流のバタークリームのことだ。バタークリームは日本では昭和的なクリームだと思われているが、フランス菓子では昔も今も一般的なクリームだ。ただ、イタリアンメレンゲやアングレーズソースなどを加えることで口溶けや食感を変えて、生地の間に挟んだり、飾りに使ったりと様々な使い方をする。果物のピュレやカカオ、キャラメルやスパイスを入れたりもする。つまりバタークリームといっても用途に応じて種類は無数にある。その混ぜ物づくりがまた大変なのだ。

「パータ・ボンブのシロップの温度は？」

「え、ええと、百十五度でしたっけ……」

卵黄に熱した砂糖水を混ぜて作るパータ・ボンブは、卵黄から余計な脂を分離させないようにするのが難しい。そのためにはシロップの温度をきっちり計らなくてはいけない。

「でも、百八度というレシピもあるの。その違いわかる?」

「わかりません」

「じいちゃんは日によって変えている。レシピをなぞるんじゃなくて自分の頭で考えてやっているの。なぜその温度なのか、なぜそのプロセスが必要か、なぜそのタイミングで混ぜ合わせるか、すべての作業に理由があるの。クリームの名前すら知らないのに」

「知らないんですか?」

「まったく」

唖然とする。それでフランス菓子のバタークリームの使い分けができるなんて何者だ。ただの古臭い洋菓子屋と決めつけていたのに。

「亜樹さんは……」言いかけた俺の言葉を遮る。

「あとね、イートインをはじめる時って申請がいるって知ってた? あちこち改装しないと保健所の許可が下りないの。私は知らなかった。やりたいことばっかりじゃ駄目なんだよね。あんなに好き勝手やっていたギヨームでも経営者だったんだなって思った。人件費とか原価率とかきっちり計算して売り上げを考えたことある?」

ない。想像すらしたことがなかった。ただシェフや先輩たちに言われるままに作っていた。亜樹さんのことだってそうだ。憧れだって言いながら距離を置いて、この人と具体的にどうしたいのか考えたこともなかった。何も望まないのだから、何も進まなくて当然だ。

ひらたいプラスチックの匙《さじ》で溶けかけたアイスをすくい、口に運ぶ。懐かしい甘さが舌の上ですうっと溶けていく。

「ここに戻って、学ばなきゃいけないことはいっぱいあるって気付いたの。自分の頭を使って作ってなかった。私、じいちゃんと肩を並べたいんだよね」

「だから、紅茶屋さんにケーキ卸したりしてるんですか」

「まあ、そうだね。お客さんの顔が見たくて。あと、接客とか勉強させてもらってる」

亜樹さんの口調が優しい。昔と違う。もう先輩後輩の間柄ではないからなのか。寂しさをふり払う。だったら、新しい関係を築けるチャンスだってことじゃないか。

「そういえば、プリュンヌ。よく見つけましたね」

「うん、長野行った時に偶然ね。ちょっと向こうのより甘いんだけど。あ、ギヨームに教えてあげて」

亜樹さんがポケットからメモ帳を取りだす。

「長野、新婚旅行っすか」

軽い口調で言ったつもりが馬鹿っぽくなる。自分にうんざりしていると、かたい声が響いた。

「まだ、してないの」

「え」

「結婚。まだ、できない。今のままじゃ。一年経つのに私は何もできてない」

亜樹さんは何もない暗闇を見つめていた。彼女は頑固だから、きっと譲れない何かがあるのだろう。

喜ぶべきところではないのはわかった。でも、ちょっとくらい期待したっていいだろう。今の亜樹さんに足りないものがあるのなら、それを埋める手助けをしてあげたいと思うくらい罪にはならないはずだ。

「まあ、いろいろありますよね」

怒られるかと思ったが、亜樹さんは「そうね」と短く言った。

それからアイスを食べながら他愛ないことを話した。俺がゆるく作りすぎてしまったクレーム・キャラメルを亜樹さんがアイスにしたら、それが今まで店でだしたグラスで一番うまかったと先輩が口をすべらしてシェフを傷つけたこと。シェフが機嫌のいい時に口ずさむ歌がフランス語なのに演歌にしか聞こえないこと。そんなくだらないことを。

ゆっくり食べようとしたが、アイスはどんどん溶けていった。

「そろそろ戻らなきゃ。月末だから棚卸ししなきゃいけないんだよね」

食べ終えて、立ちあがろうとする亜樹さんを「あとちょっと待ってください」と必死で引きとめる。

「シュークリーム、も一個食べていいですか？」

「いま、アイス食べたとこじゃない」

呆れたようにそう言ったものの、亜樹さんはまたベンチに座ってくれた。焼き色のほとんどない淡い黄色の塊はふわふわと雲のように軽く、優しいバニラの匂いがした。いつかシェフが言っていたことを思いだす。

バニラの白い花はたった一日しか咲かない。

知らないけれど、きっと夏だと思った。夏の終わりの夕暮れだ。

亜樹さんが俺を見てくすっと笑った。

「好きだよね、お菓子」

やわらかいシュークリームを頬張りながら思った。

腕を磨こう。好きな人のとっておきの甘い笑顔を見るために。

たとえ、明日になれば消える一瞬の歓びだとしても。

Caramel

カラメル

夫がでていった途端に、家の中の空気は弛緩する。

玄関に立ち、遠くなっていく足音に耳を澄ますと、息を吐いた。

洗濯機のスイッチを入れてから、居間に戻り、片付けたばかりの食卓に座った。部屋にはまだコーヒーと卵を焼いた匂いがただよっている。

目の前の、サラリーマンの鞄のように艶のない四角い物体を見つめる。真っ黒なそれはぽっかりとした底のない穴を思わせる。眉間によった皺を指の腹でいそいでこすり、ノートパソコンをひらく。画面も黒く静まりかえっている。

光沢のあるホワイトがいいと言ったのに、夫が買ってきてくれたのは、ざらりとした質感のブラックだった。薄いには薄くとても軽いけれど、やわらかい色調の部屋にはまったく合わず、使う時以外はコードごと北欧スタイルのキャビネットにしまっている。

プレシャスバイオレットとフェミニンピンクならあったんだけど、と夫は言った。どんな色なのかまったくわからなかったので、カタログを見せてもらうと派手な紫と安っぽく光るピンクだった。

「下品な色ね」と、わたしがつぶやくと「そう言うと思ったよ」と薄く笑った。

その時の笑い顔が、パソコンをあける度に黒い画面に蘇る。無理に迎合しようとするようなその薄笑いは夫がよく浮かべる表情で、じっとしていられないくらい不快に感じる時はきまってその数日後に生理がやってくる。二十年以上も不順な生理の、目下もっとも正確なバロメーター。今日はまだ大丈夫のようだ。

いつからあんな笑い方をするようになったのだろうと考えながら、ノートパソコンの電源をいれると、右下に赤いエクスクラメーションマークがでてきた。重要アラート、と書いてある。

今すぐ注意が必要な、重要アラート。

ウイルスに対して脆弱な可能性があります。

新しい更新プログラムを利用できます。

次々と文字が浮きあがる。「無視していい」と夫は言った。ちゃんとしたウイルスバスターをいれてあるから、と。パソコンのことはよくわからない。夫に言われた通りにバツ印をクリックして警告を消していく。

画面をきれいにすると、インターネットにつなげる。あの女の名前を入力してSNSサイトにアクセスする。

パステルカラーがちりばめられたページ。背景に青い海が広がる横顔の写真。

本名や素顔をネット上にさらす人の気がしれない。自己顕示欲と無知と傲慢さと危機意識の低さがあふれている。苦々しいことに、そのすべてが若さに結びついている。

一年半前、女はうちにやってきた。そのことを夫に告げると、「無視していい」と言った。パソコンのアラートに対して言うのとそっくり同じ口調だった。

「なんでもない。ちょっとあの子は変なんだよ、思い込みが激しくてさ」

「あの子」

わたしが繰り返すと、「ハタくん」と言い直した。

「普通のハタじゃなくて珍しい字でさ、彼女の一族が住んでいる地域にしかないらしい。だから、ちょっと世間離れしているのかもな。会社でもよく問題をおこすから困っているんだよ」

夫は訊いてもいないことを話し、「こういう字」と、ご丁寧に女の名字をメモ帳に書いた。

話はそこで終わった。けれど、夫はわたしをうかがいながら妙な薄笑いを浮かべるようになった。一見こびへつらっている様子なのに、かすかな嘲りが見え隠れしているように思えて仕方ない薄笑い。あの笑い方をするようになったのは、あの女があらわれてからだ。

女のSNSサイトには新しい画像が貼りつけられていた。フランスの老舗洋菓子ブランドがだした新しいコスメの写真だった。洋菓子の甘い香りがするのと、パッケージが可愛いので若い子たちに人気の商品らしい。薔薇の花びら状のフェイスカラーやレース模様のパウダー。女は新商品がでるたびに画像をアップしている。

卵型をしたスミレ色のボトルの向こうに、薄ピンクのノートパソコンが見えた。ソファの上に無造作に置かれている。下品な色と、わたしが言った時に夫が浮かべた薄笑いがまたよぎる。

追いたてられるように、女が写真につけた軽薄な文章や、友人らしき人からのコメントをひとつひとつ読んでいく。何度も何度も読んでいる内容なのに、つい変化がないか探してしまう。

チッという小さな音に我に返る。爪先を強くこすりあわせてしまっていた。人差し指の爪の端が、なにかにひっかけたのかすこしささくれている。

立ちあがり、寝室にいそいだ。充電器につなぎっぱなしの携帯電話には相変わらず何のメッセージもなかった。行きつけのネイルサロンに予約を入れる。

居間に戻り、またノートパソコンの前に座る。浴室から洗濯機のブザー音が聞こえた。先月買ってもらったばかりの新しいドラム式洗濯機は乾燥まで一時間半で済ませてしまう。パソコンを触っているとあっという間に経ってしまう時間だ。ため息がもれる。

そんなに家事の時間を短縮しても、特にやることなどないのに、夫はどんどん最新型の家電製品をわたしに与える。最新機器のおかげで余った時間は黒いノートパソコンが呑み込んでいく。何度検索しても同じ情報しかでてこないのに、延々とネットサーフィンをくりかえす。ぐるぐる同じ場所しかまわってない気がするのに止められない。手がじっとりと汗ばみ、トイレも喉の渇きも我慢して、果ては瞬きすら忘れて画面を凝視しつづける。目の奥がじんじんと痛み、吐き気が込みあげる。

焦燥しきって、画面から無理やり目をひきはがすと、外は真っ暗になっている。そんな日も少なくない。同じ姿勢をとりすぎたせいで錆《さ》びたように軋む関節。熱をもった眼球。わたしのなかは、すっかり空っぽになっている。それを埋めたくて、財布を摑んで眩《まばゆ》い商店街へ向かう。

でも、今日はネイルサロンに行く必要ができた。ついでにデパートで買い物もしよう。シャットダウンして電源を切ると、プラグを抜きコードを巻きつけてノートパソコンをしまった。黒い物体が見えなくなると、少し身体が軽くなったような気がした。

浴室に行き、まだあたたかい洗濯機の中に手を入れる。ふわふわの衣類に触れると、腹の底で欲望がむくりと起きあがった。

マンションのエントランスを抜けると、ヒールの下で大理石もどきの白い床がかたい音をたてた。郵便ボックスに伸ばした指先でかすかに電気が散る。爪先がささくれたのは乾燥のせいかもしれない。そろそろスキンケアを保湿力の高いものに変えた方がいいだろう。

外にでると、甘ったるい香りがした。マンションの向かいの植え込みにオレンジ色の小さな花がまぶされたように咲いている。この辺りは昔からの民家も多く、そういった家はたいてい庭木をしげらせている。

トイレの芳香剤を彷彿とさせる金木犀の匂いが、ひっきりなしに流れてくる。ふりはらうように頭をふる。髪をまとめてくればよかった。

あの女も甘ったるい匂いがした。

肌をうっすらと透けさせた安っぽいブラウスを着て、裾のひろがったスカートで大きめの尻を隠しウエストを強調させていた。とらえどころのない笑みを浮かべたまま、平然と家にあがり込んできた。そのくせ、自分からはなにも話さず、甘い匂いをふりまきながら家中にぶしつけな視線を這わせていた。

今も夫の職場であの匂いをただよわせているのだろうか。

息を吐いて高い空を見上げると、頰骨の辺りに透明な日差しを感じた。秋の日差しはけっこうきつい。乾燥も含めて肌には厳しい季節だ。夏と同じような紫外線対策をしなくてはいけない、と化粧品売り場の店員に毎年注意を受ける。わたしはサングラスをかけると、日傘をさした。

化粧品のことを考えていると、さっき見た女のお気に入りのコスメブランドのことが頭をよぎった。そのブランドは、十八世紀フランスにあらわれた奇抜な服装をした女性たちをコンセプトにしている。可憐でガーリーなパッケージはファッション雑誌などでもてはやされていた。だが、その女性たちのことを調べてみると、彼女たちの中には胸をあらわにしたり、下着もつけず透けるドレスを身にまとったりと、あられもないファッションをしていた者も多くいた。恥知らずなあの女にぴったりだと思った。

それを知って以来、あのブランドの画像がアップされていると小気味好い気分になる。あんな女は無知のまま劣化していけばいい。

昔ながらの商店街は昼前だというのに活気づいていた。若い人がはじめた新しい店はまだしまっているが、業者のバンが行き交い、魚屋も花屋も惣菜屋も金物屋ももう開いていて、店の前で常連客と立ち話をしたり道行く人に声をかけたりしている。その横をすり抜けて駅へと向かう。

わたしは基本的にはこの商店街で買い物はしないので、ほとんど誰からも声をかけられない。唯一、通っているのは老夫婦がやっている小さな洋菓子屋だ。アルミホイルを底に敷き、飾りのフルーツはどれもてらてらのゼラチンでコーティングされているような、いかにも昭和といった風情のケーキが並ぶ店。いや、大正くらいからあるのかもしれない。そんな雰囲気の店だ。けれど、古めかしいといってもお洒落な感じではまったくなく、時代から取り残されたようにしか見えない。

店の前を通りかかると、コック帽を被った丸眼鏡のお爺さんと目が合った。目のまわりにいっぱい皺を作ってにっこり笑いながら、ガラス戸の向こうから頭を下げてくる。

会釈を返しながら、ショーケースをうかがう。生クリームの白とスポンジの淡い黄色、そして色鮮やかなフルーツ。それらでみっしりと埋まったショーケースに安堵の息がもれる。途端に、身体の奥で凶暴な食欲が唸り声をあげる。

帰りに寄ろうと思い、取り置きしてもらおうか悩んだが、ベビーカーを押した女性が入っていったので止めた。子供は苦手。暗くなる前に帰ってくれば大丈夫だろう。

ここの菓子が別段好きなわけではない。有名店ではないし、友人たちに勧める気もない。けれど、三日にあげずこの店に来てしまう。

多分、すべてがちょうどいいのだと思う。店までの距離も、値段も、喉を通過していく優しい甘さも、やわらかさも。なんの気負いもなく手に取れる。なんの罪悪感もなく消費してしまえる。個性も主張もないこの店の菓子は、いたって平凡で適度につまらなく、ストレス解消にはうってつけだ。

そういうものが人には必要なのかもしれない。

おそらく、夫にも。

ネイルサロンに行っても、爪はいつも磨いてもらうだけ。伸びてきた爪も爪切りで切るなんて乱暴なことはせず、やすりで削ってかたちを整えてもらう。

マスクをかけた若いネイリストが必ず「ラインストーンとかいかがですか？　いま盛り放題なんですよ」と業務的な口調で言ってくるが、ゆっくりと首をふって断っている。甘皮処理をしてオイルを塗ってもらい、化学薬品の匂いがただよう研究室のような白い部屋を後にする。もっと洗練されていて雰囲気の良いネイルサロンもあるのだが、この機械的な接客の方が気が楽でいい。なにより早い。人に手を見られる時間はなるべく短くしたい。

予想より早く終わったので、買い物のついでにデパートの下着売り場によって、身体のあちこちのサイズを測定してもらうことにした。

三十を過ぎた頃、ブラジャーのストラップと脇の間の肉がぷっくり盛りあがるようになった。胴まわりも少し太くなった気がした。

気に入っている下着ブランドの店員は、試着室の鏡に映ったわたしの身体を眺めて「胸の肉が脇腹に流れてきていますね」と言った。

「ワンサイズ上のカップにして、足りない部分はパッドでカバーして、カップで胸全体を包み込むようにすれば大丈夫ですよ。その方が胸も大きく見えてきれいです」

そう笑顔で言われても、何が大丈夫なのかと胸ぐらを摑みたくなった。そもそも「大丈夫ですよ」なんて慰められている状況がもう嫌で嫌で仕方がなかった。

胸を大きく見せるなんて、そんなはしたないことはしたくない。肉感のある身体なんて品がない。気持ち悪くて吐き気がする。

そうだ、肉だ。肉があるから垂れたり流れたりするのだ。だったら肉なんて無くしてしまえばいい。

そう気づいて、日々の食事を減らすようになった。体重はおもしろいように落ちた。胸や腹まわりだけでなく、尻の肉も落ちて、長い時間かたい椅子に座っていると骨があたって痛いくらいになった。嬉しかった。

下着売り場には定期的に行っている。必ず新商品の試着をする。店員はいつも目をみひらいて「ほんとうに細くていらっしゃいますね」と言う。その言葉でほっと胸を撫でおろす。これが大丈夫ということ。

夫は「美佐江《みさえ》が綺麗でいるためなら」と、わたしが美容や洋服にお金を使うことを咎《とが》めない。まだ働いている友人からも、主婦の友人からも、羨ましいと言われる。

紙袋を抱え、デパートの地下に行くと、夫の好きなウォッシュチーズと緑胡椒入りのパストラミを買った。洋風総菜も三パックほど買う。どれも一人分だけ。後は家の冷蔵庫にある野菜でスープでも作ればいいだろう。夫の帰りはたいてい十一時を過ぎる。一緒に食べることはほとんどないし、わたしは十二時前にはベッドに入るようにしている。夜更かしは美容の敵だ。

パン屋でバゲットと食パンを買うと、もう両手がいっぱいになってしまった。これ以上買ったら帰りにケーキを買えなくなってしまう。酒類はネットで頼むことにして、地下鉄につながっている出口からデパートをでた。

都会の地下の空気はいつでももったりと澱《よど》んでいて、けだるい眠気に襲われる。かまわず歩き続けていると、息切れがした。

学生たちの下校時間よりも早かったのか、帰りの電車はすいていた。傾きはじめた太陽が目を刺す。わたしはまたサングラスをかけた。日傘はたたんで買い物袋にしまった。

洋菓子屋に向かって商店街を歩いていると、二歳か三歳くらいの子を連れた若い母親の一群が道を占領していた。子供を抱き上げたり叱ったりしながら立ち話をしている。

一人がみんなに買い物の相談をしているようだった。どうやら服の話らしい。一番背の高い母親がママチャリにもたれながら「買っちゃえば？　サイズアウトしたらオークションだせばエコになるし」と妙にはっきりした声で言った。なにを言っているのか意味がまったくわからない。けれど、他の母親たちは力強く頷いている。異様な疎外感を感じて足が重くなる。どうして女という生き物は母親になると態度も声も大きくなるのか。まるで正義でもふりかざすみたいに。

すぐ近くまで行っても、母親たちはわたしのことなど眼中にない様子で喋っていて、道を空けようともしない。仕方がないので間を突っ切るようにして通り過ぎた。

サングラスをかけているのはわたしだけだった。道路にしゃがんでいた一番身体の大きな男の子が怪訝な表情でわたしを見上げる。その丸く黒い目に、よそ者と言われたような気分になった。母親の一群は熟れすぎた果実と洗剤が混じったような匂いがして、自分の匂いとはまったく違うことにふいに苦しくなる。

夫はわたしの白い肌を好んでいる。幾つになっても少女のような、華奢な身体も。だから、このままでいいのだ。

三十になった時、子供を作らないのか訊いた。十歳上の夫は億劫そうに「今の生活になにか不満がある？」と言った。

「僕らは充分楽しくやっているし、美佐江にはそのままでいて欲しい」

そのまま。三十代の女性がそのままを維持していくことがどれだけ大変なことか、夫は知っているのだろうか。

「そんないそいで所帯じみた感じにならなくてもいいんじゃないかな」

笑顔で同意を促され、そのまま何年もたった。

夫は子供を欲しがらない理由をはっきりとは言わない。では、できてしまったらどうするのかと時々考える。その可能性はわたし以外の、まだ若い女の方が高い気がする。つくっておけばよかった。つくっておけば、きっとなにも壊れない。もっと安心していられるはずだ。

からっぽの胃がひりひりする。なにか、口に入れたい。ほおばりたい。

洋菓子屋の前で足が止まった瞬間、さっきの母親たちの匂いは柔軟剤のそれだったと気づく。スーパーやドラッグストアで売っている大容量の洗濯仕上げ剤。ああ、嫌だ。わたしはあんな安っぽい匂いなんていらない。みんなと同じ匂いになんてなりたくない。

洋菓子屋に足を踏み入れる。店内には誰もおらず、厨房と思しき奥の部屋からふっくらとしたお婆さんが割烹着姿でやってきた。

ショーケースのケーキは三分の一ほどになっていたが、目当てのシュークリームはまだトレイにたくさん残っていた。

ここのシュークリームは二種類あって、注文が入ってからクリームを詰めるパイ皮風のさくさくのものと、昔ながらのやわらかい生地のものがある。後者はこの店の人気商品で夕方前になくなってしまうこともある。夫が子供の頃から値段が変わらないらしい。

夫はここのカスタードプリンが好きだと言う。半透明のプラスチック容器に入った卵色の飾り気のないプリンで、こっちもシュークリーム同様値段が安く人気がある。けれど、わたしはカラメルソースがどうも苦手だ。クレーム・ブリュレのように違う食感があったり、同じカスタードプリンでもひっくり返して皿の上にだせるものだったりすればまだましなのだが、容器の底に茶色く沈んで、最後のひとくちを焦げた苦い味に変えてしまう液体には、つい顔がゆがんでしまう。

お婆さんがショーケースの向こうから微笑んでいた。奥からなにか果物を煮詰める濃い匂いが流れてくる。赤いもののような気がした。

「シュークリームを」と、わたしは淡い黄色の塊を指した。

「ありがとうございます。お幾つにいたしましょう」

ごくりと喉がなる。

「ぜんぶ」

そう言ってから、「ここにあるのを、全部ください」とつけ加えた。

その時、後ろのガラス戸がひらいて、お婆さんの声がかき消された。

「駄目、駄目、そんなのありがち。中途半端なオリジナリティーだすくらいなら伝統的な菓子をきちんとしたほうがいいよ」

白シャツに黒パンツ姿のすらりとした女性が大きな袋を抱えて早足で入ってくる。その後から若い男の子が携帯電話を片手に追いすがる。お洒落な眼鏡をかけて、若者向けのファッション雑誌からそのまま切り抜いたような服装をしている。

「や、でも、亜樹さん、新しいものに挑戦するのも大事だと思うんですよ」

女性がちらりとふり返る。アクセサリーはひとつもつけていない。

「確かに定番の素材を使うんだったら、昔から作られているスイーツのほうが絶対的にうまいと思いますよ。だったら、新しい素材を使ってみればよくないですか」

「例えば？」

「えーと、今の季節だったら金木犀とかどうです？　栗とかサツマイモとか、もっさりしたスイーツが増えてくるので、あえて軽やかなものもメニューに取り入れてみるとか」

女性の足が止まる。くるりと男の子に向き合い、まっすぐに顔を見上げる。男の子はかすかにひるみ、けれどすぐに喜びを隠せないといった表情で携帯電話の画面に触れ、女性に見せる。

「ほら、桂花陳酒とかって、金木犀の花を白ワインに漬け込んだものらしいですよ。桂花茶もある。こういうの使ってみるとかどうですかね？」

二人して携帯画面を覗き込む。奥からコック帽を被ったお爺さんがでてきて、「こらあ、お前ら、店んなかでぐちゃぐちゃくっちゃべってんじゃねえ！」と怒鳴った。

「あ、すみません」と男の子が飛びあがる。

「すみません、シェフ」

すっと背筋を伸ばした女性が低い落ち着いた声で言って、わたしを見て深々と頭を下げた。お爺さんが慌てたように「こりゃあ、お見苦しいとこを」と耳の後ろを掻《か》いた。

小さく会釈して微笑み返す。わたしは夫にまでよく「気配がない」と言われる。

「また、お前か」

お爺さんが男の子を睨みつける。男の子は背中を丸めながら「オリジナルスイーツの相談に乗ってもらっているんです」と笑った。

「お前、それより前にやることがあるだろ」

「それは亜樹さんにも言われました。でも、やっぱ新しいものも作ってみたくて」

「ふん、片付け手伝うんなら、厨房かしてやってもいいぞ」

「え、本当ですか。ありがとうございます！　あの、これどうぞ。和風モンブランです」

男の子が老舗和菓子屋のロゴが入った黒い紙袋を取りだす。

「あ？　和風モンブラン？　どういうことだ」

「栗粉餅《くりこ》です。期間限定の」

「おおっ、ここの好物なんだよ。よく知ってんな、お前」

二人が盛りあがっている間、女性はわたしとシュークリームを箱に詰めるお婆さんの手元を交互に見つめていた。ろくに化粧もせず髪も無造作に束ねただけだったので老けて見えたが、よく見ると二十代のようだった。白眼がとても澄んでいて、肌がきれいだ。

男の子が「あ、亜樹さんの分もちゃんとありますから」と話しかけても返事もしない。お婆さんだけがまわりに乱されず静かに手を動かしている。お婆さんが最後の一個を箱に詰め、ショーケースの中のシュークリームのトレイが空になったのを見てとると、女性の目つきがわずかに険しくなった。

一年ほど前からここの店で働くようになったこの無愛想な女性は、どうやらお爺さんたちの孫らしい。意志の強そうな眼差しと、黙った時の口元がお爺さんによく似ている。

その目が、財布からお金を取りだすわたしの手の動きを追う。

いや、違う。手の甲を見ている。

心臓が跳ねて、とっとっとっと早鐘をうちはじめる。

わたしの手の甲には、毎晩ハンドクリームを塗って手袋をつけて寝てもとれない、かたく盛りあがった肉のこぶがある。

変色した、かたいかたい皮膚のこわばり。

見られている。

ばれているのかもしれない。

おつりを受け取る指先が震える。

「お荷物たくさんですけど、おまとめしましょうか？」

そっとわたしを見上げてくるお婆さんから目をそらす。憐れみのようなものがにじんでいる気がした。シュークリームの入った大きな紙袋を抱きかかえて店を走りでる。

「いつもありがとうございます」

そんな声が聞こえた気がしたが、ふり返らなかった。誰が言ったのかもわからなかった。足元だけを見つめて家にいそぐ。

マンションのエントランスを駆け抜けエレベーターに乗ると、幼稚園の制服をきた子供と手をつないだ母親がいた。母親が「何階ですか？」とにっこり笑いかけてくる。背中を向けて、自分で階のボタンを押す。

家の鍵をあけると、玄関に荷物を放りだし、紙袋の中のケーキ箱だけを持ってリビングへ向かった。

フローリングの床に座り込み、白い箱をひらく。ふわふわの淡い黄色の塊がぎっしり詰まっている。ひとつひとつがこんもりとふくらんで小さな丸い生き物のよう。安堵のあまり、笑い声がもれる。

わたしは箱に顔を近づけて、甘いクリームの香りを胸いっぱいに吸い込んだ。頭のしんが痺れていく。

あの女がうちにやってきた時、シュークリームをだしてやった。ロイヤルコペンハーゲンのティーセットとシルバーのフォークとナイフを添えて。

電話は昼間に鳴った。それまで何度も無言電話があったので、今度もそうだと思ってすぐに切ろうとした。

「あのう」と、甘い舌足らずな声がきこえた。

「旦那さんのことでお話があるんです。今からうかがっていいでしょうか」

しばし悩んで、「三時でしたら」と答えた。電話を切り、一番近くの洋菓子屋へ走った。それが、あの店だった。

なんの用事でくるかは、わかっていた。

電話の声から、若いだけで教養も品もない女であることも見抜いていた。手を汚さずシュークリームを食べる方法なんてきっと知らないだろう。安っぽいピンクの唇と爪がクリームで汚れてしまえばいいと思った。

女はレースペーパーの敷かれたシュークリームをちらりと一瞥《いちべつ》しただけで、食べようとする素振りも見せなかった。

ゆるみきった微笑みを浮かべたまま、ついとわたしを見て、夫の名を口にした。

「先週の日曜は私といたんです」

確かその日は、昼間は会社の付き合いゴルフで、夜はワインスクールの食事会だと聞いていた。夫は趣味がころころ変わるので、休みの日はでかけていることが多い。女は心持ち顎をあげてわたしを見つめている。

どんな顔もしてはいけない、と思った。なにも悟らせてはいけない。この女には、なにひとつ与えてはいけない。

「それを知ってもらいたくて」と女は笑って、探るように私を覗き込んだ。

「主人にご関係を訊いてみますね」

　わたしも笑った。

「そうしてください。マリコといいます」

　女は背筋を伸ばした。それから、「そう言えばわかるはずです」と目を細めた。

　ソファに差し向かいで座り、女とした会話はこれだけだった。女のかたわらに置かれたベージュ色のバッグの端がすりきれていた。見るからに合皮だった。こんなみじめな女がさも対等な様子でわたしの前に座っていることに怒りが込みあげた。

　日差しのきつい午後だった。甘ったるい香水の中に女の汗の臭いが混じっていて、吐きそうになった。

　それでも、わたしはゆったりと微笑み続けていた。女が「帰ります」と立ちあがるまで。

　わたしは女を玄関まで送ると、ヒール靴のストラップを留めるためにしゃがんだ女の背中に向かって言った。

「お腹にいらっしゃるの？」

「え」と女が立ちあがって、やっと合点がいったのか慌てて「いいえ」と首をふった。

「そう」と、今度はわたしが目を細めた。

「ごめんなさいね。ふくよかでしたから、つい」

さっと女の頬に赤みがさしたのを見逃さなかった。女は黙ったままわたしを睨みつけると、踵《かかと》を鳴らしてでていった。

リビングに戻ると、女の残したシュークリームが目に入った。砂糖と脂でできた甘ったるいだけの安っぽいお菓子。立ったまま摑むと、日光ですっかりあたたまってしまった生クリームが指の間からあふれでた。てらてらと光って、白い内臓のようにこぼれていく。手首まで滴ってきたそれに口をつけ、すすった。クリームは舌をつたい、喉をなんの抵抗もなくすべり落ちていった。夏の暑い午後にごくごくと水を飲みほすかのように、わたしはシュークリームを真っ暗な胃へと流し込んだ。

すると、脳がじいんと痺れたようになった。帰り際の女の顔を思いだして、可笑しくなった。気がつくと、声をあげて笑っていた。

もっと、もっと欲しいと思った。甘くて、簡単に潰れる、やわらかいものが。

そんなことを思いだしながら、次々に箱の中のシュークリームに手を伸ばす。しっとりとしたやわらかな皮に指がめり込む。手づかみでたいらげていく。あの日と違って、シュークリームはどれもひんやりと冷たく、いくらでも食べられた。腹の底のぽっかりとした穴は、シュークリームを放り込めば放り込むほど貪欲にひろがっていく気がした。

頭がどんどん真っ白になっていく。

食べて、食べて、食べまくると、なまぬるい恍惚がやってきた。床に足をのばしてしばらくたゆたうと、立ちあがりトイレに行った。

大きく口をあけ、喉の奥まで指を突っ込み、嘔吐した。

白い脂と嚙《か》みちぎられた皮はぬるぬるとたやすく流れでて、便器の水に飲まれて消えていく。唾液と涙と胃液がだらだらとこぼれる。胃の中で澱んでいた不純物をすっかり吐きだしてしまうと、身体が軽くなった。少しよろめく。

喉の奥に残る甘さをうがいですすぎ、それから、夫の夕飯の準備をはじめた。


あの女はうちに来てしまったことで失敗をした。

わたしは夫に言われた通りに、表面上では女の存在を無かったことにした。わたしたちの間で女は幽霊になった。しばらくは夫も早く帰宅するようになり、休みの日もでかける回数は減った。月に一、二回ほどだけれど、ここ数年しなくなっていたセックスもするようになった。

夫の薄笑いだけが時々あらわれたが、それもなんとか見ないふりをすることができた。ことを荒だてた方が負けなのだ。

女と夫がどういう関係か、どれくらい深い仲なのかは知らないが、余裕をなくしているのは女の方だということは明白だった。

騒いだり責めたてたりして自分を見失わない限り、わたしには妻という社会的な場所が保障されている。わたしに非はなにひとつない。

ただ、あの女が自爆してくれるのを待つだけだ。

吐いた当日と次の日は身も心も軽い。けれど、その次の日には落ち込みがやってくる。頭はどんよりと重く、身体はけだるい。なにをしても息が切れ、すぐ座り込んでしまう。夫を送りだすと、食卓の片付けもそこそこにまたベッドに戻ってしまった。少しだけと思って横になったのに、枕に顔を埋めるとふつりと身体の糸が切れた。

浅い眠りを何度もくりかえし、目が覚めるともう窓の外は暗かった。

慌てて起きあがる。

食事の支度ができていなくても夫は怒ったりはしない。行きつけの店はたくさん持っている人なので、一人で外で食べてくることも苦にならないようだ。でも、一日なにもしなかったという罪悪感に苛まれるのは嫌だった。

家中の電気を点けて、見る気もないのにテレビもつけた。なんでもいいから現実とのつながりが欲しかった。ビールのコマーシャルが流れ、足が止まる。宝塚出身の女優が七輪で秋刀魚を焼いていた。赤いラベルのビールをおいしそうに飲む。

朝、夫に新発売のビールを買っておいて欲しいと頼まれたことを思いだした。おそらくこれのことだろう。夫は外では格好つけてワインやスコッチを嗜《たしな》むけれど、家ではもっぱらビールばかりだ。

重い酒類はネットで頼むことにしているから銘柄を教えて欲しいと言うと、夫はぎゅっと目をつぶって天井を仰ぎ見た。

「紅葉の、秋っぽいパッケージのやつだったと思う。普通のより茶色くてさ、ちょっとこくがあってうまかったんだよ」

期間限定だと思うから多めでお願い。そう言い残して夫はでていった。

わたしはお酒を飲まないので、飲む人の気持ちがわからない。あんな苦いもののなにがおいしいのだろう。コーヒーも駄目。焦げた豆の汁としか思えない。出会った頃、夫はそんなわたしを「子どもだなあ」と笑った。そのくせ、わたしをよくバーに連れていった。

「そのうち苦いのもいいと思うようになるよ」

そう愛おしそうに言って、色の綺麗なノンアルコールカクテルを頼んでくれた。確かに、あの頃の夫は大人っぽく見えた。彼を包む世界のすべてがわたしには新鮮で、この人についていけばなにも間違いはないのだろうと思っていた。

今はもう違う。夫が歳下の女を好むのは、本当は自分に自信がなく、歳上ぶりたいだけだということに気づいている。体型維持のための努力もせず、若い人といれば自分も若くいられるだろうと安易に考えていることも知っている。

わたしはまだお酒もコーヒーも飲めないままだけど、もう自分が夫より子供だとは思わない。夫はわたしを育てた気でいるが、わたしはいつの間にか夫を追い越してしまった。いつまでも若者気分が抜けない夫はずっと変わらず、見た目だけが老いていく。

夫の根っこは子供のままで、楽しく毎日を過ごせればそれで満足なのだ。器用なふりをしているけれど、揉め事を恐れる小心者。だから感情的になって変に騒いだり束縛したりすれば、すぐに逃げだしてしまう。あんな女が夫をコントロールできるはずがない。

ノートパソコンをキャビネットから取りだし、起動させる。

いつもの癖であの女の名前を入力して、SNSサイトを覗いてしまう。

いくつか新しい画像がアップされていた。カーソルを動かす手が一枚の写真で止まる。

――栗ごはん、作っちゃいました。あと、キノコと鮭のホイル焼き。食卓に秋。

書いてある通りの食事が、おもちゃみたいなランチョンマットの上に二人分並んでいる。食器の趣味も悪いし、料理の盛りつけも雑だった。明らかに水加減を間違えたであろう、べったりとした栗ごはん。その後ろに赤いものが見えた。

カチッと画像を拡大する。

ビールの缶だった。紅葉の模様のラベル。夫が言っていたビールと同じ銘柄。

女の友人たちのコメントを読んでいく。おいしそう、とか、意外に家庭的だね、とかいうコメントが絵文字入りでついている。女も返事を書いていた。

――でも、実はなんかここ数日吐き気がしてあんまり食べられなかったんだよね。おいしいとは言ってもらえたよ。てへ。

ゆっくりと血の気がひいていった。「まさか」とつぶやいた自分の声はぎょっとするほどかすれていた。

女のむっちりとした身体を思いだす。あの脂肪に覆われた腹は、わたしが今まで得られなかったものを宿す可能性がある。そうなったら、崩れてしまうかもしれない。今のわたしの居場所も簡単にひっくり返されてしまうかもしれない。

背後で大きな音がして、驚いてふり返る。

椅子が倒れていた。いつの間にか、わたしは立ちあがっていた。

財布を摑み、玄関へ向かった。

外はもう街灯が点り、サラリーマンや部活帰りの高校生が歩いていた。彼らを避けながら、商店街を抜けていく。

洋菓子屋の白い照明が目に入ると、思わず声がもれた。はやく、はやく、と獰猛《どうもう》な食欲がわたしをせかす。

あと一歩で店内というところで、突然目の前がさえぎられた。あやうくぶつかりそうになる。

「すみません」という声に顔をあげると、老夫婦の孫と思しき女性だった。真っ白なコックコートを着ているせいで店に同化していて気がつかなかった。

女性はわたしの顔を見つめ、すっと目をそらすと入口横の立て看板のそばにしゃがんだ。コンクリートの重石のついたそれを一気に持ちあげる。コックコートの背中が薄闇をはじくように白い。なんとなく、動けなくなる。

女性は看板を店内に運ぶと、入口で立ちすくんだままのわたしをもう一度見た。

「申し訳ありませんが、もう閉店なんです」

「でも、まだ……」

店の中に目を走らすが、お爺さんもお婆さんも見あたらない。伸びあがってショーケースを見る。

「まだケーキは残っていますよね。それ、ぜんぶ、わたし買います」

女性は無表情のままだった。たんたんとした声で「申し訳ありません」とくりかえす。

「あちらの商品はご予約の方の分なんですよ」

嘘だ。前にもこんなことがあったのを思いだす。まだたくさんシュークリームが残っているのに、先客が買ったと言って三個しか売ってくれなかった。

「またどうぞよろしくお願いします」

丁寧な物言いの中に強い拒絶を感じた。

この子はわたしのことが嫌いなのだ。だから、こんな意地悪をするのだ。

どうして。なんで。わたしがなにをしたっていうの。

苛立ちと悔しさが熱い塊になって喉元までせりあがってきた。こらえられなかった。口をあけた瞬間、「売り物ではないのですが」と女性が言った。

しんとした低い声だった。森の奥の深い湖のような静けさに、混乱した頭が一瞬まっさらになる。

「すこしお待ちいただけますか。すぐに戻りますので」

女性はゆっくりと、けれど重くたたみかけるように言った。雰囲気に呑まれて、つい頷いてしまう。

女性はショーケースの奥に駆けていき、本当にすぐに戻ってきた。

手にした小さな白い紙箱をわたしの目の前でひらく。中にはドーナツのようなお菓子がひとつ入っていた。間から茶色いクリームがのぞいている。

「パリブレストです」

むっとして、思わず「知っています」と答えていた。「あんまり小さかったのですぐわからなかっただけです」

それに、こんな店に正統なフランス名のお菓子があるなんて思わなかった。

「確かに、大きく作って切り分ける店が多いかもしれませんね。これはわざと小さく作ってみたのです」

もう一度見た。本当に小さい。掌《てのひら》にすっぽりおさまるくらいで、もしかしたらドーナツより小さいかもしれない。

「リングシューと呼ばれたりもします。シュークリーム、お好きですよね」

その言葉にぎくりとする。女性は確かめるようにわたしの手の甲をじっと見つめた。吐きだこを隠そうとすると、白い箱が差しだされた。

「一個しかありませんが、どうぞお持ちください」

彼女はまっすぐわたしを見た。やっぱり白眼がきれいだった。なめらかな生クリームのように濁りがない。

この人は、わたしが受け取るまで目をそらさないんだろうな、と思った。しばらく躊《ちゅう》躇《ちょ》したが、結局は手を伸ばした。小さな箱は思っていた以上に重みがあった。

「試作品なので、お代はいりません」

「でも」と言うと、女性は「感想を教えてくださったら助かります」と頭を下げた。

「また、気が向いた時でいいので、いらしてください」

やはり静かな声でそう言うと、店の中へ消えていった。

化粧ポーチほどの大きさの紙箱を抱えながら家に帰った。部屋の電気は点けっぱなしだった。汚れた皿やコーヒーカップがシンクに重なっている。慌てて食器洗浄機に放り込む。

食卓につき、もらったケーキの箱をあける。さっきの女性の顔がよぎる。手で摑むのがなんとなくためらわれて皿にだす。横から見ると、けっこう高さがあった。

喉の渇きを覚えたので、お湯を沸かした。紅茶を淹れながら、小さなパリブレストを眺めてみた。

フルーツや色鮮やかなクリームで飾られているわけでもないのに、きれいなお菓子だと感じた。金色の正方形の敷き紙、ぱりっと焦げ茶色に焼きあがった生地、その間に挟まれたモカ色のクリームはなめらかな波模様を描いている。クリームの中の黒い点はバニラビーンズだろう。あの店のふんわりしたシュークリームには入っていなかったはずだ。上のシュー生地には光沢を帯びた飴色のとろりとした液体が塗られていた。そこにナッツや金箔がちりばめられている。小さいけれど、重厚で、丁寧に作られている感じがした。金箔や飴らしき液体がひかえめに光を屈折させる様子がとてもシックだった。

椅子に座り、熱い紅茶をすする。そっと皿を引き寄せた。

パリブレストはフォークを突き刺しても崩れなかった。生地はさくりという感触と共に簡単に裂け、クリームはしっかりとかたちを保っていた。

ひとくち食べて顔がゆがんだ。

苦い。

なんて苦いクリーム。わたしの苦手なカラメルソースの味だ。しかも砂糖を焦がし過ぎている。

けれど、その後にいろいろな味がおしよせた。

上に塗られたバターたっぷりの生キャラメル、ナッツのかすかな塩気、こくのあるクリームが舌で溶け、豊かなバニラビーンズの香りが鼻を抜ける。ぱきぱきと弾けるプラリネの食感。口の中で崩れるシュー生地。それらが混然となって流れていく。

最後にまた苦味が残る。かすかな酸味も感じられる。けれど、その分しっかりとした甘さもある。たっぷりと挟まれているクリームからもバターの風味がした。

濃い。まるで容赦のないお菓子。

苦い、苦い、と思うのに、また口に運んでしまう。たくさんは無理だ、少しずつ。苦くて、濃くて、甘い。

喉の奥がとても苦い。ふいに鼻の奥がつんとした。

ああ、この味は知っている。毎日、毎日、呑み込んできた味だ。夫が薄笑いを浮かべる度に、あの女の私生活を覗く度に、喉の奥に込みあげる苦味をわたしは呑み込んできた。夫に気づかれないように。

甘い甘い砂糖をふつふつと焦がしてできた苦味。疎ましいけれど、かすかに残った甘さが愛おしく、そして痛い。わたしたちの生活はもうすっかり焦げついていたのだ。

気づくと、涙がこぼれていた。
先に泣いてしまったら、もう吐くことはできなかった。

次の日、また商店街に行った。入ったことのない酒屋で夫の欲しがっていたビールを買った。ソムリエバッジをつけた若者がいたので、ワインも選んでもらった。日本酒メーカーのロゴの入った濃紺の前掛けをした、がっちりした体格の若者はたどたどしくも一生懸命説明をしてくれた。

洋菓子屋の前を通りかかると、お爺さんがクッキーの袋を並べているのが見えた。わたしが入っていくと手を止め、深々と頭を下げた。

「昨日はうちのもんが面倒をおかけしたようで、申し訳ありません」

「いいえ、こちらこそ遅い時間にすみませんでした。あ、あの……」

言いよどむ。お爺さんは丸眼鏡の奥に笑い皺をつくったまま、黙ってわたしの言葉を待っている。

「いただいたお菓子、すごく濃厚な味でした」

お爺さんはわははは、と豪快に笑った。

「しばらく食べたくなくなるくらいだったでしょう」

頷きかけて、「あっいいえ」と慌てて訂正する。

「とても有能なお孫さんですね」

「いいんですよ。正直なご意見をありがとうございます。有能なんてとんでもない、あいつはまだまだ未熟者ですから。できることを全部やろうとしてしまう」

「できることを?」

「引き算ってものをしらねえ。臆病なんですよ」

「臆病」

お爺さんが口を結んで頷いた。

「でも、逃げねえんです」

いつもと顔も口調も違った。あの女性とそっくりの強い眼差しをしていた。うつむくと、皺だらけの節くれだった手が目に入り、ふいに罪悪感が込みあげる。

この人が丹精込めて作ったものを、わたしはただ吐くためだけに呑み込んでいたのだ。

お爺さんがくしゃっといつもの笑顔に戻って、「すいませんねえ」と耳の後ろを掻いた。わたしの両手のビニール袋に目を落とす。

「いっぱいですねえ、重いでしょう。又野酒店ですか? 届けさせたらいいんですよ、でっかい息子が二人もいるんだから。奥さんみたいな綺麗な人だったら、あいつら大喜びで飛んでいきますよ」

「わたしじゃないんです。夫がよく飲むもので」

慌てて言う。お爺さんは「私もよく飲むんで、ばあさんに叱られてばっかりですよ」と笑った。

名前も知らない人とこんな風に話しているのが不思議だった。お爺さんがまた口をひらく。

「嗜好品ってのは、はけ口の対象になりやすい。けれどね、どんな食べ物も口にする人の幸せを願って作られているんです。だから、楽しく味わってやって欲しい」

「え」

お爺さんのにこやかな表情は変わらなかった。

「うちのばあさんの口癖です。でも、こんなことお客さんに話しちまうようじゃ、あの未熟者と一緒ですけどね」

わたしはしばらく黙った。言葉を探した。けれど、なにも見つからなかった。埃ひとつなく磨きあげられた床を見つめて、それからショーケースを眺めた。

「あの、注文してもよろしいですか？」

「もちろんです」と、お爺さんが嬉しそうに頷く。

「カスタードプリンをください」

「はいっ、お幾つ？」

「ふたつ」

店をでると、空を見上げた。高く青い空には飛行機雲がかかっていて、太陽が白く輝いていた。目の奥を射してくる強い強い光。真っ白な残像が残り、目をそらしても視界のあちこちに散らばった。

パソコン画面の青白い光とは違う。あの光はなにも残さない。あの中には幽霊が棲んでいる。わたしを蝕み、呑み込んでいく、わたしが作りだしてしまった幽霊が。

ゆっくりと歩いた。一歩踏みだす度に、紙袋の中でカスタードプリンのカップがことん、とぶつかり合うのが感じられた。

わたしの気持ちはどこにいってしまったんだろう。あの黒いノートパソコンに呑み込まれてしまったものを、白い便器に吐きだしてしまったものを、もう一度探しださなくてはいけないと思った。

探しだして、夫とわたしの間にさらさなくてはいけない。苦味も悲しみも憎しみも痛みも、すべて。

だって、わたしたちは二人きりの夫婦なのだから。

携帯電話を取りだし、お酒の瓶や缶が入ったビニール袋をいったん道路の端に置いた。腕が軽く痺れている。小刻みに震える指で、今日は夕食を一緒にとりましょう、とメールを入れた。少し考えて、待っています、ともう一通送る。

夕食の後は紅茶を淹れようと思った。向かい合って、話をしよう。苦い苦いカラメルを飲み下しながら。

Rosé

ロゼ

かわいいはデフォルト。すっぴんで人前にでないのと同じくらい当然のこと。お洒落も笑顔もない女子をあたしは同性とは認めない。

新しいヒールで足が血だらけになっても、カラコンで視界が狭くなっても、ワンルームの部屋が服であふれて常に薄暗くても、平気。ちゃんと笑っていられる。

だって、かわいくなきゃなにもはじまらない。

女の子はスイーツと一緒だと思う。きれいにデコレーションして、有名ブランドのロゴが入った美しい箱にそっとおさめて、つやつやのリボンをかけて、そうしてやっと大事に大事にお持ち帰りされる。それが理想。あたしはそうでありたい。

ショーケースに並べられる容姿じゃなきゃ、誰も食べようなんて思わない。

だって甘さだけが欲しいなら、人は砂糖を舐めて満足するはず。でも、そうじゃない。

人はみんな飾られたものを選ぶ。

だから、あたしはきれいなスイーツが大好き。スイーツに合わせたネイルを考えて、徹夜で指先を飾ってSNSサイトに写真をのせる。きれいなきれいなケーキを手づかみで食べる時の罪悪感と幸福感。かわいい箱もぜんぶ取っておいて、ネイル用品やアクセサリーを入れておく。それが、あたしにできる世界のいろどりかた。

がたん、と大きく電車が揺れた。にごった空、灰色のビル群から目をそらして、アイフォンの画像を指ですべらす。あたしのページはカシスムースの写真で終わっている。

その日の爪はミルクティーのような秋色ベージュとゴールドのラメ、コーラルピンクを使ったツイード風ネイルだった。全体的に優しい色ばかりだったので、甘さをひきしめるために一色だけ濃い紫も入れていた。その色がカシスの色と同じだと言ってスミが選んでくれた赤紫色のムース・ケーキ。

スミは専門学校に通っている時にバイト先で知り合った男の子だ。はじめて見たとき、きれいな顔だと思った。お洒落で、みんなが「ミナとぴったりだよ」と言ってくれて、意識するようになってしまった。製菓の専門学校生だったスミとはよくケーキを食べにいった。澄孝を「スミ」と呼べるところまではいったけど、五年間あたしはスイーツ友達のままだ。ケーキをおごってでもらっても、おごってはもらえない。

カシスムースを選んでくれた時、スミはあたしのネイルの紫を「バイオレット」と言ったけれど、バイオレットというのは青みの強い紫色のことだ。選んでくれたケーキの、カシスのソースが塗られたなめらかな表面も、中のムースも、赤みの強い紫色だと思ったが言わなかった。言わずに、ありったけの尊敬を込めた目でスミを見つめて、スミのセンスを褒めた。

パティシエをしているスミは他の男子と違って流行に敏感で美意識もある。そういうところは本当に好き。男子には肯定的な感情だけを見せて、とにかく褒めて自尊心を満たしてあげればいい。そうしたら、一緒にいて楽しい子だなって思ってもらえるはずだから。

でも、なんかうまくいかない。

いつの間にかアイフォンの画面は暗くなっていた。

カシスムースを選んでもらった日からスミには会っていない。あれは夏の終わりだった。秋先取りの気合いを入れたファッションで行ったのを覚えている。あれから、もう二ヶ月もたっている。

混みあった電車内を見まわす。新聞と同じような色をしたサラリーマンだらけ。女性たちの服も全体的に茶色っぽくて、くすんでいる。いくら秋だからって茶系統ばかりでは落ち葉と同化してしまう。軍隊の迷彩服じゃないんだから。

ファッションは先取りが基本。そろそろホワイトのファー小物とかを取り入れて冬っぽさをだしていかなきゃいけない。今日は働いているネイルサロンに冬のネイルデザインを提案する日だ。

でも、その前にハロウィンがやってくる。スミの店の定休日は明日。ハロウィンスイーツを見にいこうとお誘いメールを送らなくては。

なるべく短い文面にしようと思うのについつい長くなる。絵文字も必要以上に使ってしまう。バカにされるってわかっていても、飾って華やかにしたいし、そうしようとしていることをわかってもらいたい。媚を恥だと思っていたら、なにも伝わらない。

スミの返事はいつも遅い。ＬＩＮＥで連絡とろうよ、と言ったのに「あれ、既読とかでるじゃん。なんかそれって手紙に盗聴器ついてるみたいで嫌なんだよね」とわけのわからない理由で断られてしまった。要するに、あたしとはこまめにやり取りしたくはないってことなのだろう。都合の良い時にアドレス帳からひっぱりだしてくるだけの関係。それでも繋がりがなくなるよりはいい。

バッグにしまおうとしたアイフォンが震えた。スミからだった。しまった、と思う。すぐに返事がきたのは嬉しいけれど、この時間にメールができるということは、今日も休みなのだ。スミの店は月に一度だけ二日続けて休みがある。ホームページで調べておけばよかった。あたしはこれから仕事だ。今から誘われても会えない。焦りで涙目になりながらスミからのメールをひらく。

――ごめん、ちょっと勉強したいからまた今度で。うちの店はフランス菓子だからハロウィンとかしないし。

自分の早とちりぶりが情けない。がっかりした気持ちが絶望といってもいいくらいまで深まる。その暗い穴で勉強という二文字がくるくるとまわっている。

前は、休日にあたしと流行りのパティスリーやショコラティエに行くのがスミの勉強だった。春は有名ホテルのふわふわの苺パンケーキ、夏は色とりどりのジェラート、老舗フルーツパーラーの季節の果物パフェ、マカロンの新作がでるとデパ地下に行った。あたしは一緒にでかける度にスミにケーキを選んでもらった。卵色のスポンジ、とろけるクリーム、輝くフルーツ、したたるシロップ。キラキラしたかわいらしい塊に、自慢のネイルを食い込ませて手づかみで食べた。スミが選んでくれるケーキは自分で選ぶより甘く感じる。好きな人が選んだ甘いスイーツ。うっとりする時間。

けれど、最近のスミの勉強は違う。休みの日でも厨房に行って、菓子作りの基礎やヨーロッパの郷土菓子の勉強をしているらしい。スミが作ったという菓子を調べてみたが、茶色くて地味なのばかりだった。

嘘をついている、とは思わない。けれど、あたしは知っている。その厨房がスミの店の厨房ではないことを。

がんばってるね、と笑顔マークをつけたメールを送る。

――いや、ぜんぜんダメだわ。やっぱ留学とかしたほうがいいのかもしれない。

心臓がぎゅっとなる。またスミがどんどん離れていってしまう。それでもネガティブなことを言ったら鬱陶しがられる。

——パリとか？　いいなー、遊びにいかせてねー。

エッフェル塔の絵文字をつけて送る。でも、無理だ。服と靴と化粧品でお給料なんて毎月ほとんど残らないあたしがフランスなんて頻繁にいけるわけがない。

ハロウィンに合わせて塗ったネイルを見つめる。黒にオレンジの水玉、蜘蛛の巣、猫の尻尾、白い骸骨にコウモリの羽。一本ずつ違うデザインで、ところどころに黒のレースシールや星形のホログラムやクリスタルストーンをのせている。今日のミニスカートも爪に合わせて黒と白の水玉模様だ。バレリーナのチュチュのようにふんわりと広がった、買ったばかりのお気に入りのスカート。ライダースジャケットを合わせて今日はロックテイストのコーディネイト。スミに見せたかったな、と思う。

予想通り、もうスミからの返事はなく、あたしはいつもの駅で人の波に押しだされるようにして降りた。

ヴィヴィアンの重いヒールがごんごん鳴る。もう足がだるい。

でも、だいじょうぶ。我慢は慣れている。

あたしの働くネイルサロンは若者向けファッションビルのエステフロアにある。ビルには階ごとにＯＬ服とギャル服が交互に入っている。だから、ネイルも自然と彼女たちに合わせたデザインになる。

ラボのような真っ白な空間にずらりと机が並んでいて、これまたなんの飾り気もないプラスチックの白いついたてで仕切られている。あたしたちはマスクをつけて、待合室で同意書を書き終えたお客さんを迎える。ネイルはその時点でもう決まっている。待合室にはサンプルがあって、その中から希望のネイルを選んでもらい、受付の子がカルテにサンプル番号を書いて持ってきてくれる。

サンプルはオーソドックスなデザインが多い。色も白やベージュやピンクを中心とした派手すぎないものばかりだ。今は秋なので、そこにワインレッドやゴールドが入ってくる。早さと安さを売りにしている店なので、看板に掲げている値段はとても安い。けれど、それはサンプルにある基本デザインの料金だ。オプションをつけさせて値段をあげていく。「千円でラインストーン盛り放題ですが、いかがですか？」は必ず提案すること、と言われている。

今のネイル業界はジェルネイルが主流だ。爪の表面を薄く削って、液状の樹脂素材のジェルをのせて、UVライトをあてて固める。マニキュアと違って臭くないし、二、三分で固まる上に、持ちがとてもいい。人にもよるけれど三週間から五週間くらいは手入れをしなくてもきれいなままだ。カラージェル自体も色が豊富で、紫外線をあてない限りは硬化したりしないので保存もしやすい。

ただ、自分で剝がすと爪を傷つけてしまうので、常連さんはまず前回のジェルを落とす作業からはじまる。パンチで先端を切り、爪専用のやすりで表面を削り、リムーバー液を浸み込ませた脱脂綿をあてて銀紙で指をくるみ、しばらく置いてからスティックを使ってジェルを剝がしていく。それから爪と甘皮の手入れをして、伸びた爪の表面を削り、またジェルをのせる。

どうしても二、三時間はかかってしまう。剝がれたジェルや削った爪の粉を浴び続けることになるので、あたしたちはずっとマスクをしている。お客さんの回転数をあげなくては儲けにつながらないので、なるべく手早く作業するように言われる。あたしたちは朝から晩まで座りっぱなしで、お客さんの爪ばかりを見つめて手を動かす。正直、顔よりも手を見たほうが誰だったか思いだしやすいくらいだ。

平日は昼過ぎまではエセマダムが多い。ラインストーン盛り放題だと言うと、彼女たちは際限なくのせたがる。光るものはポイントで入れた方が上品なのに、千円のもとを取ろうと思うのか爪を石で埋めつくそうとする。スーパーのキュウリ袋詰め放題じゃないんだから。ごてごてに盛りあがった爪はちっともかわいくない。

かわいいものを増やしたくてネイリストになったのになあ、と暗い気持ちになる。

本日、二人目のお客さんがあたしの前に座った。フローラル系の香水がプリーツスカートの裾と一緒にふわっと広がった。

「お願いします」と、細い手が差しだされる。カルテを見なくたって、すぐにわかる。

「ケアだけですね」と微笑む。マスクをしていたって笑顔は空気で伝わる。女の人は

「はい」と首をかすかに傾けて笑い返してくれた。上品な声。あたしよりひとまわりは上だろう。けれど、少女のような雰囲気を残した人だ。

フロアを歩いていたチーフが眉間に皺を寄せてあたしを見た。ネイルを勧めろ、ということだろう。でも、この人はいつも爪のケアだけだ。

あたしは、ネイルは四番目くらいの美容だと思っている。肌、髪、スタイル、その次くらい。ジェルネイルは一回サロンにくれば一ヶ月前後は手入れの必要もないので楽だ。だから、とりあえず爪だけは、と思ってやってくる人が多い。でも、髪はバサバサで化粧も服も適当な人がくると、あたしはもやもやしてしまう。ぜんぶを整えてこそのお洒落だ。爪先だけを輝かせてもダメ、爪先まで手を抜いていない人が本物。

その点、この人は今時ではないけれど、品が良く、一定のバランスが取れている。髪もこまめにヘアサロンに行っていることがわかるし、ヒールがすりへっていることもない。鞄もいつも違う。爪も自分で切ったりせずに必ずここに来てやすりで短くしている。

ただ少し痩せすぎている。爪は割れやすく、ささくれもできやすい。少し栄養状態が悪いのかもしれない。人差し指のつけ根に吐きだこのようなものもある。こういう人がジェルネイルをすると、どんどん爪が薄くなってしまうので、健康状態が良くなるまで

手入れだけでいいとあたしは思う。

けれど、今日は血色も良く、吐きだこのようなものも心なしかやわらかかった。肌もしっとりしている。なにかいいことがあったのかもしれない。その気分を壊さないように、あたしは無粋な勧誘や提案はやめて、オイルで指をマッサージして、甘皮の手入れをした。爪はオーバルという女性らしい卵型に整える。女の人は流しっぱなしの映画のDVDを眺めて、ケアが終わると「ありがとうございます」と微笑んだ。

女の人が部屋をでていくと、すぐにチーフがあたしの机にやってきた。

「美波ちゃん、どうしてネイルを勧めないの？」

「あの方はいつもお手入れだけなので」

その呼ばれ方は嫌いなので、つい声がかたくなる。いけない。マスクを外して笑顔をつくりチーフを見上げる。

「いつも」とチーフが腕を組んだ。きらびやかな赤い爪が妙な光沢のあるシャツに食い込む。なんだか青魚みたいな光り方。

「いつもあなたが担当しているわけ？　違うわよね。気が変わるかもしれないじゃない」

うちの店では担当の指名はできない。でも、カルテを見ればわかる。そう言いかけて、やめる。首をすくめて「すみませーん。言いだしにくくって」と笑う。

チーフはわざとらしく大きなため息をついた。

「美波ちゃん、こないだも色混ぜたでしょ。うちでは禁止してるの知っているわよね。あのお客さん、美波ちゃんがお休みの日に来て、前の色じゃないってクレームつけたのよ」

あたしは黙っていた。そのお客さんは海外旅行帰りで日焼けして皮膚が乾燥気味だった。いつも使うお気に入りの色では肌馴染みが悪いと思い、すこしだけパールホワイトとラメパウダーを入れて調整したのだ。ジェルネイルはマニキュアと違って色を混ぜることができる。せっかくだったら、同じピンクでもその人の肌に一番合う色にしたい。

「誰がやっても同じ仕上がりになるようにしてっていつも言っているわよね」

チーフの声がどんどん高くなる。

「すみません」

あたしはか細い声をだすと、うつむいた。お客さんたちがこちらをうかがっている気配がする。チーフは「気をつけてちょうだいね」と声を落とした。ほっとしたのもつかの間、立ち去りかけたチーフがくるりとふり返る。甘皮をおしあげるプッシャーという器具の消毒をしはじめていたので、ついびくっとなる。

「そうそう、美波ちゃんが提出した冬ネイルのサンプル。あれ、ぜんぶ却下。二時間で十本できるデザインでってお願いしたわよね」

あたしはできます、という言葉をなんとかのみ込む。「あと」と、チーフはあたしの手を指す。

「そういう、みんなができないアートネイルしてこないで。お客さんにお願いされたらどうするの？」

あたしはチーフの爪を見つめながら「すみません」と同じ言葉をくり返した。爪に絵を描くアートネイルは画力の差がでるので、うちの店ではやっていない。

「浮かれすぎ」

「だってー、ハロウィンって浮かれる日じゃないですかー」

軽い口調で言うと、チーフは見下すような目をして鼻で笑った。別にいい。バカだって思われていたほうが楽だ。

チーフの後ろ姿を眺める。タイトスカートが苦しそうだ。どうせまたダイエットに失敗したのだろう。

手を見れば、体のことはだいたいわかる。チーフの手の甲はふっくらしている。基本的には太りやすい体質なのだろう。指も太めで、肌の色は赤みが強い。そういう手には赤い爪は似合わない。クリアベースのフレンチにして先だけに赤を入れたり、爪に長さをだすなど、工夫が必要だ。

「ヌーディー、今日もかりかりしてますね」

ついたてから後輩のユリが顔を覗かせた。ヌーディーというのはチーフのあだ名だ。ヌーディー系のネイルばかりを採用するので、そう陰口を叩かれている。そもそもネイルに素肌感を求めることがナンセンスだとあたしは思う。チーフは服においても、肌が透けていれば色気がでると思っているふしがあり、若い子たちからは「ダサい」だの「バブル」だのと言われてファッションセンスを疑われている。

お客さんが途切れたのか、ユリは机の下に隠していたコンビニスイーツらしきブラウニーを口に運ぶ。こいつはいつも間食ばかりしている。入った時から五キロ太ったと言うが、その倍はいっていると思う。誰にでも愛想がいいが、陰では誰の悪口でも言う女子によくいるタイプ。

「ヌーディーだって、特注のスワロフスキーのせてますよねえ」

そのせいであんなに輝いていたのか、と思う。

「こないだは勉強用とか言って天然石も仕入れてましたよ。あれ絶対に自分用ですよ」

「天然石はどっちかというと夏のアイテムだよね」

それだけ返して、ブラウニーを頬張るユリに「それ、おいしい？」と訊く。

「おいしいですよー」と間髪入れずに答えるが、わけてくれる気はないようだ。別にわけて欲しくもないけど。ビニールで機械包装された、かわいさのかけらもないスイーツなんてスイーツじゃない。ただの糖と脂肪の塊だ。

聞こえないように「ブタ」とつぶやく。ああはなりたくない。

ユリは食べ終えると、チョコで汚れた袋を机の下のゴミ箱に捨てて素早くマスクをつけた。先月辞めた女の子の噂話をはじめる。

うんざりしながら、喋る暇があるならもっと勉強しろよ、と思う。

ユリの机の上はラインストーンやスパンコールのケースやジェルのコンテナでぐちゃぐちゃだ。スティックやブラシも元の場所に戻っていない。コットンも減っている。作業台はなにもない状態がいいし、消耗品は即補充すべきだ。面倒でも、器具類は使い終わる度にしまわないと、ラメを散らばしたり、消毒済みのプッシャーを床に落としたりして、ますます作業時間が遅れる。ユリはしょっちゅうそれをやらかしている。勉強うんぬんの問題じゃない。

サロンを見渡す。みんなお客さんと対話することなく黙々と作業をしている。みんながもっと技術をあげたらできることも増えるのに。どうして不勉強な人に足並みを合わせなきゃいけないんだろう。

ユリが喋り続けている。マスクからもれた顎の下の肉がゆれる。美容業界にいるんだから、まず痩せろよ、と心の中で毒づく。

頭の中でチーフの赤い爪がちらちらと瞬いて、苛立ちが増す。

「赤い爪には」

思わず口にしていた。ユリが目をまんまるにしてあたしを見た。

「余計な飾りなんていらないんだよね」

マスクの上でユリが嬉しそうに目を細める。ふり返るとチーフが仁王立ちしてあたしを見下ろしていた。


閉店直前のデパートにすべり込み、値引きのかけ声が行き交う惣菜コーナーを抜けて、洋菓子のエリアに走った。

お目当てのエクレアはやはり売り切れていた。フランスからやってきたばかりのエクレア専門店。色鮮やかなエクレアの中であたしが目をつけたのは、赤い薔薇の花びらがちりばめられた真っ白なエクレアだった。中には薔薇のクリームが入っているらしい。薔薇がどんな味なのかは知らないけれど、ロマンティックでスミにプレゼントするのにぴったりだ。もし手に入ったらこれを口実にスミに会いに行こうと思っていたので、予想通りとはいえがっかりする。

でも、ショーケースの中のスイーツたちを眺めると、ささくれていた気持ちが少しなだらかになった。世の中にはきれいなものがまだまだある。

カラフルなマカロン、ジュエリーのように並べられた高級ショコラ、ニューヨークのパティシエの斬新なデザインのケーキ、色ガラスの欠片のような手作り飴。人の多いデパ地下は暑く、スミと食べたことのあるジェラート屋には遅い時間だというのに数人の人が並んでいた。フルーツを閉じ込めたキャンディーバーもあるようだ。

秋はもう過ぎようとしているから、栗や芋やカボチャのもっさりしたスイーツなんかには惹かれない。冬にはあえて氷をイメージしたクリスタルのネイルもいいんじゃないだろうか。パウダーラメを指でたたくようにしてつけたら雪っぽいグラデーションもできるかもしれない。ショーケースの間をうろうろと歩くうちに新しいデザインが次々に浮かぶ。

ふと、最後のお客さんがシルバーラインの入った淡いブルーとホワイトのネイルを希望したことを思いだす。そのお客さんは前回はミルキーホワイトと薄ピンクのネイルを選んだ。パステルカラーが好きなのだろう。けれど、彼女の肌は黄みがかったオークルなので淡い色はあまり似合わない。でも、言うことができなかった。あれ以上、チーフの機嫌を悪くするわけにはいかない。

お客さんの満足が一番、と自分を納得させる。催事スペースに薄パープルとホワイトのストライプの旗が見えた。パウダースノーのような粉をまぶされて四角くカットされたギモーヴが並んでいる。パステルカラーの色合いが優しく、小人のクッションみたいだ。薄いイエローとピンクとグリーンの詰め合わせをひとつ買う。

パープルの小さなリボンがついた紙袋を受け取る。雲が入っているんじゃないかと思うくらい軽い。けれど、つられるように足取りも軽くなる。ふわふわのパステルの雲。

エスカレーターに向かうと、和菓子コーナーの境目にある老舗ケーキ屋のショーケースが目に入った。古典的な三角の苺ショートに、たくあんみたいな色のモンブラン。思わず、足が止まる。似ている。スミが最近通っている洋菓子屋に。

嫌だ、考えたくない。

頭をふると、一階にあがり化粧品売り場をまわってからデパートをでた。

嫌だ嫌だと思うのに、足は勝手に家と違う方向に進む。地下鉄を降りて、ローカル線に乗りかえる。もう真っ暗になった窓の外を眺める。高層ビルの光が減り、家の灯りになっていく。

うすら寒い電灯がともる無人改札をサラリーマンたちと共に抜けると、昭和臭ただよう商店街が見えた。レトロとも言えない中途半端な古さがあたしは大嫌いだ。実家の田舎町を思いだすから。田んぼだらけの景色の中で、ファッション雑誌だけがあたしの光だった。

ひと気のなくなった商店街を歩く。まだ片付けをしている店もあるが、ほとんどは閉まっている。けれど、あちこちから夕飯の匂いと人の気配がする。店の奥や二階が住居になっているのだろう。

数メートル先に白い光がすっと一筋落ちている。あたしの分厚いヒールがアスファルトとすれて鈍い音をたてる。電信柱の陰に隠れるようにしながら、そろそろと近づく。立て看板はしまわれ、シャッターも三分の二ほど下りている。その状態だと洋菓子屋だとはわからないくらい、かわいさのかけらもない小さな店。

でも、かすかに甘い香りがもれてくる。バターと砂糖が焼けるこうばしい琥珀色の空気があたしを包む。シャッターの隙間に耳を近づける。金属のこすれ合うような音と人の声。スミの声が聞こえたような気がして、シャッターにもっと顔をよせる。錆びた鉄の匂いが鼻にとどく。

その時、大きな音と共にシャッターがあがった。

慌てて飛びのく。

坊主頭に丸眼鏡のおじいさんが青いポリバケツを片手にでてきた。

目が合う前に背中を向けて歩きだす。ばくばくする心臓の音で自分の靴音すら聞こえない。指先が震えて、吐き気が込みあげる。

怖くてふり返れなかった。歩みはどんどん速くなり、気づいたらあたしは走っていた。走って走って、それでも、ぜんぜん進まなくて、すぐに息がきれた。

あたしは体力も運動神経もまるでない。筋肉なんていらないからいいんだけれど、立ち止まってぜいぜいいっていると少し情けなくなった。

バッグをあさり、ポーチからアプリコットのグロスをだして唇に塗る。乱れた髪をなおすと、商店街の外れまで歩いた。店と店の隙間の細い道をのぞく。ステンドグラスの窓がついた小さな洋館が見えた。紅茶ポットの形の看板がうっすら見える。けれど、ドアの上にかかったランプも店内もしんと暗闇に沈んでいる。あたしの内側もゆっくりと闇色に染まっていく。

今日も一緒にいるんだろうか。あの店の、あの厨房で。

二ヶ月前、スミがカシスムースを選んでくれたあの日、あたしたちはこの紅茶専門店でお茶をした。ワゴンサービスのスイーツがあると雑誌に載っていた店だった。

あたしが食べたピーチ・メルバというスイーツは夢みたいにおいしかった。コンポートされた大きな白桃がお椀をひっくり返したようにガラスのアイスクリーム皿にのっていて、真っ赤なベリーソースがかかっていた。上には綿菓子のような飴細工とローストアーモンド。まわりにはふんわりお酒の香りがする薄ピンクのクラッシュゼリー。やわらかな桃にスプーンをさし込むと、中からバニラアイスがとろりと溶けだした。

スミはフランスの郷土菓子だという茶色く地味な焼き菓子に夢中になっていた。

そのスイーツを作ったのが、スミの先輩だという女の人だった。紅茶を運んできたその人をスミは「あきさん」と呼んだ。彼女を見つめるスミの目を見て、あたしはピーチ・メルバの天国から地獄に落とされた。

店をでてからスミはずっと上の空だった。

あたしは接客のプロだもの、いつだって笑うことはできる。その場の雰囲気を悪くなんてしない。

けど、ぜんぶ知っている。

あの日、スミはあたしを駅まで送ると、もときた道を戻っていった。買い忘れたものがあるとか言っておきながら、滑稽なほど一生懸命走って紅茶屋を目指していた。途中であの女の人に会って、商店街の中の古い洋菓子屋に入っていった。後でそれとなく聞いたけれど、あの洋菓子屋は彼女のおじいさんの店なんだそうだ。

それから、二人は公園でベンチに並んでアイスを食べながら喋っていた。スミは自分が買ったスイーツを女の人にあげていた。いくつも、いくつも。女の人からもらった市販の安いカップアイスを嬉しそうに食べるスミを、あたしは植え込みの陰からずっと見ていた。

あのときから、あたしはずっと浅ましいことをしている。こうやってこそこそとスミのことを探っている。

スミはきっと休みの度にせっせと紅茶屋と洋菓子屋に通っている。けれど、そのことはあたしに隠している。その証拠に、次の週にあたしが一人で紅茶屋に行ってスイーツの写真を送ってもなにも言わなかった。男の人が口数少なくなるときは都合が悪いとき。

二回目はピンクとホワイトのメレンゲで包まれたアイスを食べた。口でほろほろとくずれるメレンゲがアイスの冷たさを和らげて、秋口に食べるのにぴったりなアイスケーキだと思った。スミはアイスケーキのことを「ヴァシュランだ」と訂正したが、それ以上はなにも言わず、休みの日に会ってくれることはぴたりとなくなった。勉強、勉強と言うばかりだ。

スミはあたしに気がない。そんなこと、ずっと前から知っている。けれど、あの女の人とのことを隠すことにかすかな希望も抱いている。スミはずるいけれど、あたしはそのずるさにすがることしかできない。

それも、スミとあの女の人がうまくいってしまえばお終いだけど。

女の人は地味だった。色白で、すらっとしているけど、スニーカーはくたびれていて、服もいいかげん。スミにはぜんぜん似合わない。年もけっこう上に見える。どこにでもいそう。スミが喜んで食べていた大量生産のバニラアイスみたいな人。

駅へと歩きながら、街灯に自分の手をかざしてみる。一本ずつデザインの違う自慢のハロウィンネイル。でも、スミの好きな女の人の爪はまっさらだった。

あの人を見てから、どうも自分のお洒落に自信が持てない。

次の日の休みは青い布をひろげたような秋晴れだった。来週からは冷え込むらしい。

あたしは白レースのロングスカートに色々な毛糸でざくざくに編まれたセーターを着て、ボレロをはおった。ファーのついたニット帽にムートンのショートブーツ。歩く度にスカートの裾から爪に合わせてはいたオレンジのタイツがちらちらと見える。

イチョウの並木道を抜け、レンガのレトロビルの一階にあるヘアサロンに向かった。ドアのまわりの落ち葉を箒ではいていたサトシさんがあたしを見て人懐っこい顔で笑う。元同僚のナーコの旦那さんだ。

「ミナちゃん早いね。ナーコいま来たばっかりだよ」

「おはようございます。あ、これ差し入れです」と昨日買ったギモーヴを渡す。酒飲みのナーコと違ってサトシさんは甘い物に目がない。中に入ると、ついたて代わりの観葉植物の鉢の向こうでナーコが化粧をしているところだった。

「すっぴんで保育園いったの」

あたしが呆れた声をだすと、「みんなそうよ」とナーコがすかさず言い返す。ナーコは専門学校時代からの友達だ。美容師のサトシさんと結婚してネイルサロンを辞めた。今はサトシさんのヘアサロンの一角でネイルや簡単なエステをやっている。二人で壁にペンキを塗ったという店はギャラリーのようにすっきりしているが、ところどころに猫足の寝椅子やアンティークのチェストなどが置いてあってとても素敵だ。

「空いた時間に声かけるって」と無駄に大声で言うナーコに「ありがとう」と答え、革張りのスツールを持ってきて作業台に座る。脇の棚からチップを取りだす。ナーコは子どもが生まれてから忙しくなってしまったので、サンプル作りをたまに手伝っている。そのお礼といってサトシさんが髪を切ってくれる。

「今日はどうするの？」

「前髪厚めにしてオレンジ系のボブにしてもらうつもり。短めの。これからファーとかマフラーとか巻物増えるし」

「ボブって毛先巻かなきゃいけないし、けっこうめんどくない？」

あたしは笑ってごまかした。めんどい、という言葉はお洒落の敵。やっと化粧を終えたナーコがやってくる。さばさばとした口調のわりにナーコはかわいらしい服装をする。今日は植物の刺繡のはいったワンピースだった。髪はサトシさんにしてもらったのだろう、ゆるい編み込みになっている。

「去年の冬ネイルはニット模様が流行ったよね。今年もくるかな」

「どうかな、ストレートじゃなくてちょっと遊びをだした方がいいかもね」

「チェックとノルディックは定番じゃない？」

「うーん、ノルディックは客層によると思う。うちだったら、まずヌーディーに却下されるね」

「まだ、いるんだヌーディー」

ナーコが大きな口で笑う。あたしとナーコは同じ時期にうちの店に入った。新人の仕事はやすりの面とりで、裏で段ボールいっぱいのそれをしながらこんな風に喋っていた。

「その爪、怒られたんじゃない」

「もうばっちり」と、あたしも笑い返す。植物が揺れて、「めっちゃうまいわ、このマシュマロ。すごいジューシー」とサトシさんが顔をのぞかせた。

「マシュマロじゃなくてギモーヴって言うみたいですよ」

スミにいつも直される。ちらっとナーコがあたしを見た。それから「ちょっと口のまわり粉だらけだよー。てか、なんでいま食べてんのよ！」と腰を浮かせる。サトシさんが逃げていく。「あ」とナーコがあたしを見る。

「ねえ、ミナ。ジューシーで思いだしたんだけど、フルーツをモチーフにしたネイルでなんか浮かばない？　フレンチがいいんだって。季節的に林檎や葡萄かなと思ったけどフレンチにしにくいんだよねえ」

フレンチネイルというのは爪先にだけ縁取るように色をのせた定番のネイルだ。控えめでかわいらしいのでOLから人気がある。

「できなくないけど、林檎も葡萄もあんまりジューシーじゃなくない？　フルーツっぽさをだすなら、やっぱり柑橘系が一番だと思う。爪の先端をカットレモンの模様にする変形フレンチとかどう？　隣の指にブルーとイエローのドットを入れたらポップにもなるよ」

鞄からデザインノートをだして絵を描く。

「あと、季節感だすならオレンジにして半分チョコがけにしたらいいと思う。お菓子のオランジェットみたいじゃない？　で、隣の指は定番の白フレンチ。そしたら普通の白フレンチもホワイトチョコに見える」

あたしの手元をのぞき込んだナーコが「かわいいー」と声をあげる。「このアイデアもらっていい？」

うなずきながら、いいな、と思う。あたしも一人一人に提案するような接客がしたい。デザインだって、お客さんの指や爪の形状に合わせて考えたいし、その人の肌に本当に合う色を教えてあげたい。いまのネイルサロンはあたしには合わない。本当は雑誌やCMの撮影ネイリストになりたかった。けれど、アシスタントの募集はわずかで、とても食べてはいけない。

独立すれば、とナーコはよく言う。でも、そんな自信はない。いまのネイルサロンは指名をとれないので、独立してもお客さんをひっぱれない。器具は簡単にネットで買えるので、最近は自分でやってしまう人が増えてしまって、ネイル業界は一時期のような活気がなくなっている。カリスマネイリストと呼ばれる人たちの講習にいっても、参加者は目に見えて減っていっている。

ナーコがいきなり黙ったので、また独立を勧められるのかと思っていたら「ほんとスイーツ好きだね」と低い声で言われた。

「あのスイーツ王子とまだ会ってんの？　あんな優柔不断であんたを都合よく連れまわすだけの男のどこがいいんだか」

ナーコは何度言ってもパティシエという言葉を覚えない。

「あーぜんぜんダメ。相手にされてないから」

「でも、連絡あったら飛んでくでしょ」

んーと首をかしげて笑ってみせる。ナーコは「ああもう」と首をふる。

「なんで、そうなの。あんた、もてるのに」

「もてないよ」

「去年うちで鍋パーティーした時にちゃっちゃっとおにぎり握って、汚れた皿もすぐ洗ってたじゃない。誰よりも爪飾ってんのに、誰よりも手際良くてさー、男受けいいと思うよ。こないだのコンパでも人気だったってみんな言ってたよ」

そこそこの男にはね、と思う。男の人はにこにこしている子に弱いだけ。ネイリストは国家資格ではないから、男のプライドも傷つけない。

でも、サラリーマンたちとコンパをしても面白くない。普通の男性はネイルになんか興味がないし、お洒落だってしすぎるとひかれる。

ネイルサロンの子たちは結婚して辞めることを夢見ている子がほとんどだ。夫のいない昼間に小遣い稼ぎ程度に自宅でネイルをしたらいいと思っている。

けれど、サトシさんのような美容業界にいる男性ならまだしも、普通のサラリーマンがネイルなんかに理解を示すとは思えない。あたしは美意識を分かち合える人がいい。

「まあ、おいしいスイーツ教えてもらえるからサトシは喜んでいるけどさ」と、ナーコがやっとチップに手を伸ばす。

「あ、そういえば、あの紅茶屋」

ちょうどあの女の人のことを考えていたのでぎくりとする。

「ミナがうちの帰りによく寄ってるって言ってたから、先週行ってみたんだけどおいしかった。タルトタタン？　甘すぎなくて私でも食べられたわ。あったためてだしてくれたから、シナモンがふわーっと香って、横に盛られたクリームが溶けてさー。あたたかいスイーツっていいね」

ナーコがめずらしくうっとりした顔をする。

「サヴァランっていうお酒きいたケーキもあるよ」

「あ、今度それ食べてみるわ」

あのワゴンにのっているスイーツなんてどれも地味なのに。心臓がぎゅっとする。

「ねえ」と、一気に機嫌の良くなったナーコに話しかける。

「ネイリスト検定の時のこと覚えている？」

「え？」

「ほら、大変だったじゃない」

「ああー、大変だったのはミナでしょ。こだわるから」

「だって」と、ひきだしにずらりと並んだカラージェルに手を伸ばす。

「赤だよ」


切りたての髪が顎にさらさらと触れる。

ナーコの店からバスで三つめの停留所。近いから行ってしまうんだ、と自分に言い訳をする。もし、スミに会ってしまってもそう言えばいい。

途中で雑貨屋に寄ったりしていったので、夕方になってしまった。

ステンドグラスのはまったドアを押し開けると、紅茶の香りがした。三つ揃えのスーツを着た初老のマスターが「いらっしゃいませ」とカウンターの奥で微笑む。あちこちに置かれたアンティークランプがぼんやりした光を絨毯に落としている。マスターが装飾の入った重たい椅子を音もなくひく。席に着くとやっと目が慣れてくる。

いつも女性客でいっぱいだけど、不思議と声が気にならない。絨毯やビロードのカーテンが音を吸い取ってしまうのかもしれない。

紅茶リストを眺めるふりをしながら店内を見まわす。二人連れの女性客と話すあの人が見えた。白いシャツに黒のサロンを巻いて、すっと姿勢よく立っている。いつ来ても変わらない後ろ姿。小さく会釈をして、すぐにカウンターの奥に戻っていく。

ため息をもらすと、マスターがあたしを見た。ケーキセットを頼む。マスターは「申し訳ありませんが、もうケーキが一種類しか残っていないんです」と、心底申し訳なさそうに言った。

「どんなお菓子なんですか」

「ピュイ・ダムールというお菓子です。お客さまにぴったりだと思いますよ」

やわらかな笑顔につられて「じゃあ、それをお願いします」とうなずいてしまう。紅茶はいつもお菓子に合わせて選んでもらっている。「お待ちください」と言ってマスターが去ると、すぐに女の人がやってきて、ナプキンとカトラリーを並べていった。目の前を優雅に動く手を見つめる。顔をじっくり見たいのに、近くに来られると見上げる勇気がない。

女の人がカウンターの中に消える。一瞬、砂糖の焦げる甘い匂いが店内にたちこめる。アイフォンをバッグからとりだしていると、「お待たせしました」と思いのほか早く声がして、小さく驚いてしまう。

差しだされた白い皿にのっていたのは丸いタルトのような焼き菓子だった。でも、果物もクリームもない。ソースやアイスクリームさえ添えられていない。表面に焦げめがついた、ただ茶色い塊。

「ピュイ・ダムールです」

これが、あたしにぴったりのお菓子なのだろうか。「あの……」と言うと、女の人が口をひらいた。

「愛の泉という意味です」と言い、にこにこするマスターをちらっと見る。マスターはお湯を注ぎながら茶目っ気たっぷりにあたしにウインクする。普通の人なら気障な仕草が馴染んでいる。いやらしさもない。

笑顔を返して、フォークを手に取る。名前が色っぽいだけか。

それにしても、この女の人、いつも思うけれど愛想がない。落ち着いているともいえるのだろうけど、もうすこし表情が豊かでもいいのに。女性だけの職場で働いたら絶対に損するタイプだと思う。化粧もほとんどしていないし、束ねただけの髪は長いことヘアサロンに行ってない感じがする。スミは本当にこんな女性が好きなんだろうか。

フォークの先端がケーキに触れて薄いガラスを割ったようなはかない音をたてる。表面がキャラメリゼされている。そのままフォークは抵抗なく下まで降りて、生地に達するさくっとした感触がした。中は淡い黄色のカスタードクリームだった。バニラビーンズがたっぷりと入っている。とろりとしたそれを口に運ぶと、舌の上でなめらかに溶けた。タルトだと思っていたものはパイ生地だった。何層にもなった生地が口の中でほどける。キャラメルの甘苦さを残して、すべてはすっと消えていった。

パイの中にあふれんばかりの甘いカスタードクリーム。それで、愛の泉か。なんてシンプルなスイーツ。カスタードクリームの感触が絶妙だった。流れだしそうで流れない。繊細なパイ生地の中でふるふると揺れている。

ふたくちめを口に入れた瞬間、薄暗い店内にふわっと薄ピンクの幕がかかった。華やかな香りが鼻を抜けていく。頭の中に花が咲いた。

カスタードクリームの下から赤い液体がにじみでている。酸味はあるけど、ベリーじゃない。もっと華やかで、女性的で、そう、香水のような。

「あのっ」

思わず女の人の背中に声をかけていた。

「この赤いのなんですか？」

女の人はふっと顔を傾けると、こちらにくるりと向きなおった。

「薔薇のジャムです」

「薔薇」

「修道女たちが手摘みでとってジャムにしたものなんです。真紅の薔薇だけで作られています。いつもはピュイ・ダムールには入れないのですが、偶然、手に入ったので使ってみたんです。お気に召しましたか？」

「はい！」

あたしは大きな声で答えていた。

「夢みたいにいい香りです。世界に色がつくみたい。うっとりします」

そう一気に言って頬が熱くなった。

「世界に色……」

女の人があたしを見つめていた。一瞬だけ、顔がゆがんだ。哀しいような、今にも泣きだしそうな切ない表情に見えた。

次の瞬間、女の人は急にきびすを返していなくなってしまった。

呆気にとられていると、女の人はすぐに戻ってきた。手に瓶を持っている。小皿をあたしのテーブルに置き、銀の小さなスプーンと瓶をのせる。きらめくような赤い液体が瓶の底に見えた。思わずみとれてしまう。

「よかったら紅茶にもどうぞ。香りがもっとたつと思います」

「あ、すみません」

慌てて頭をあげる。

「いいえ」と女の人は笑った。透きとおった、きれいな笑顔だった。

「喜んでいただけて嬉しいです」

きちんと手を揃えて、深々と頭を下げる。その手を正面から見て、ああ、やっぱり、と思った。

この人には赤が似合う。

ネイリスト検定のときに使う色は、赤と決まっている。そして、そのモデルは自分で探さなくてはいけない。モデル選びで合否は八割がた決まってしまうと言われているので、みんななるべくきれいな手の人を探す。肌の色、指の細さ、爪の形、甘皮の状態、それらを見極めてモデルを選び、爪先を整え、ブラシでムラなく塗り、果実のように美しい真っ赤なネイルを作りあげる。

あたしはぎりぎりまでモデルを選ぶことができなかった。

赤いネイルだけは単色塗りが美しい。ラインストーンもラメもスパンコールもホログラムもなんにもいらない。つややかに塗ることができれば、それだけでいい。そういう色は赤だけだ。

けれど、赤の潔さが映える人はなかなかいない。

一切の隙がない人か、もしくは、無駄な飾りがまったくない人。

はじめて見た時から思っていた。すっと背筋の伸びたこの女の人には赤が似合うんじゃないかって。

ごてごて飾らないと落ち着かないあたしとは違う。

あたしがもしパティシエだったとしても、薔薇のジャムをこんな風には使えない。きっとスミも違うだろう。この人は華を隠すことができる。

そして、スミは見えそうで見えない彼女の隠された色に惹かれているのだろう。きっと、あの笑顔を見られる瞬間を待ち望んでいる。

薔薇のジャムを湯気のたつ紅茶に落とす。うっとりする香りがたちのぼる。見えなくても色はある。頭の中を強く静かに染めていく。

背後でドアの開く音がした。「いらっしゃいませ」と言いかけた女の人の口が半びらきになる。

「え、仕事は？」

「今日はめずらしく早く終わったから、あきちゃんのお菓子食べにきちゃった」

眼鏡の男の人が入ってくる。スーツの上に大学生みたいなネイビーのダッフルコートを着ている。頭は良さそうだけど、秋葉原によくいそうな感じに見えなくもない。

女の人の眉間に皺が寄る。男の人のそばに行って早口でささやく。

「もう一種類しか残ってないの。連絡くれれば好きそうなのを残しておいたのに」

女の人のポーカーフェイスがくずれ、マスターがにやにやする。

「いいじゃない、ピュイ・ダムールで。ぴったりでしょ」

女の人が睨みつけるが、マスターは意に介さず「ちゃんと意味を教えてあげるんだよ」と笑い続ける。

もしかして、と思う。もしかして、スミはあたしと一緒なのだろうか。一方的に見つめるだけの関係。女の人はスミの前でこんな風に感情をだしてはいなかった。

男の人は驚くくらいの早さでピュイ・ダムールを食べ終えると、マスターと談笑しはじめた。やがて、女の人がトレンチコートをはおりながらカウンターの奥から早足でやってくると、二人は連れだって店をでていった。

すっかり冷めた紅茶をすすりながら、閉まったドアを見つめた。テーブルの上のアイフォンが震えて、文字が画面を流れていく。

――ミナ、いま暇?

スミからだった。


走って改札をでると、ガードレールにもたれていたスミが片手をあげた。

スミはひょろひょろと細長いので、いつもゆらっとした感じで立ちあがる。よれた質感のジャケットに細身のパンツ。裾を少しだけ折って焦げ茶のチャッカーブーツとのバランスを取っている。大きめフレームの黒縁眼鏡といい、ファッションモデルみたいだ。やっぱり、かっこいい。

「遅れてごめん。一瞬だけ家に帰ってた」

「いや、こっちもいきなり呼びだしてごめんな。ちょっと予定がなくなっちゃってさ」

「ううん、ぜんぜん。どこいく？」

あたしは満面の笑みでスミを見上げる。スミの肩の向こうにまだ薄い月が浮かんでいた。もうすぐパティスリーもデパートも閉まる時間だ。こんな時間に会うのははじめてで胸が高鳴る。

「とりあえず」と言って歩きだしたスミの横に並ぶ。自然に足が弾む。

「勉強はいいの？」

「あ、うん」

返事が弱々しい。意地悪なあたしは追い打ちをかける。

「さっきね、スミの先輩がいる紅茶屋さん行ってたんだ。友達のヘアサロンの近くなんだよね」

「そうなんだ」

「ピュイ・ダムール食べたよ」

「ああ」とスミがうなずく。「おいしかったでしょ」

「うん、すごく」

素直に答える。

「上のキャラメリゼも下のパイも作りたてのほうがおいしいから、ああいうイートイン店だといいよなあ。あのクリームってさ、単純に見えて難しいんだ。やわらかすぎるとダレるし、かたすぎても口触りが悪い。クリームしか入れないから、あっさりしすぎても味気ないし、濃厚すぎると食べ飽きてしまう。あきさん、うまいんだよな」

目を細めて話す。名前を口にしてしまったことにも気づいていない。けれど、なにかを思いだしたのか、ふっと真顔に戻る。通り過ぎた車のライトが横顔を照らす。まつげの影が一瞬だけ頰に落ちる。

あの女の人が恋人らしき人と帰ってしまったから、スミは今日、洋菓子屋の厨房へ行けなくなってしまったのだろう。だから、さみしくなってあたしに連絡してきた。あたしなら、スミを一人にはしないから。

でも、それじゃダメなんだ。

「クリームだけじゃなかったよ」と言うと、「え」とこっちを見た。

「フランボワーズ入ってた?」

あんな冴えない男の人に負けてしまうスミがかわいそうに思え、同時に少しだけ小気味よくなる。

「ううん、違うもの」

「え、なに」

目を丸くするスミの顔が子どもっぽくて笑いがもれる。

そのとき、すれ違った細身の男の人と目が合った。眼鏡をかけて、目深に帽子をかぶっていたけれど、あたしは人の顔を覚えるのは得意だから間違いない。紅茶専門店のマスターだった。若いきれいな顔の男の人と寄り添って歩いている。友人という年の差じゃない。おそらく、子どもでも、孫でも、ない。

マスターは小さくあたしにウインクした。ああ、秘密だ。愛の秘密。

「ひみつ」

つぶやいていた。

「え、教えろよ」

スミがむきになって訊いてくる。なんだかかわいくてついつい早足で歩いてしまう。

「食べてのお楽しみだよ。それより、どこいく？　ねえ、急だったんだから今日はあたしの行きたいところにつき合ってよ」

くるっとふり返ると、スミが気圧されたようにうなずいた。

「さあ、どこにしようかな」

アイフォンを取りだすと、スミが「ミナってさあ」とぼんやりした声をだした。

「こんなことしててなにになるんだろう、とか思ったことない？」

言ってから、「仕事とかさ」とつけ加えた。

少し考える。

人が生きていく最低限のことしか求めなくなったら、たちまちスミもあたしも失業するだろう。そういう職にあたしたちはついている。

あたしたちは同類、ネイルもスイーツもひとときで消えてしまう自己満足。あってもいいけど、きっとなくてもいいもの。

だからこそ、あたしの価値を認めてくれるのはスミだけだと思っていた。

ほんとうはわかっている。服やネイルやスイーツにお金をかけることを無駄だと思う人はいる。そういう人たちからは逃げられても、自分の年齢にはいつか捕まってしまう。女の子でいられる時間はもうわずかしかない。好きなものをふわふわと追っかけてばかりはいられない。ファッションにかけたお金や時間を後悔する日がくるのかもしれない。

でも、そんな「なくてもいいもの」にあたしは今まで生かされてきた。それがあたしを強くしてくれた。スミが好きな女の人みたいにはなれないけれど、あたしにはあたしだけの世界があって、そのおかげで今こうして立っている。自分を卑下しても、自分が好きになったものを否定しちゃダメだ。

スミが鼻先をこすりながら、また「ミナはさ」とつぶやいた。

いつも、思う。スミの指は甘いにおいがするのだろうか。触れて、味わってみたい。

「どうしてそんなにがんばれるの？」

なにを、とは訊かなかった。スミはずいぶん前からあたしの気持ちを知っている。

夕闇の中、存在感を増していく月を見上げた。それから、スミの顔を見つめた。どうしてって、なんてバカバカしい質問だろう。

だって、スミはきれいだから。きれいなものからは目をそらせないから。それだけがあたしの真実だ。

実りがないからといって、恋をやめる理由にはならない。

小さく笑って歩きだす。

なんで笑うんだよ、と言いたげな顔をしてスミがついてくる。ショーウィンドウに映った自分たちの姿を横目で見る。着替えてきてよかった。

コートの下はシンプルな黒のミニワンピース。「めずらしいね」と言わせたら、あたしの勝ちだ。

いつか、あなたの人生を薔薇色に染めるのはあたし。

Chocolat

ショコラ

チョコレートはなんだかどきどきする。

舌の上で溶けたどろっと重い液体が腹の底に落ちると、心臓がばくんばくんと動きだし、脈も速くなる。気のせいだろうか。けれど、疲れている時に食べると視界がクリアになる感じもする。時々、本当にお菓子なのかなと思う。僕には少し刺激が強すぎる食べ物なのかもしれない。

司法試験の勉強中は眠気覚ましと糖分補給を兼ねてしょっちゅうチョコレートを齧っていた。そのせいで試験の時の緊張感が蘇るのだろうか。

でも、未だかつて勉強が苦だったことはない。机上で一人ですることなら得意だ。試験合格後の修習時代の頃の方が日々緊張していた。そして、働いている今も。

目の前の、いびつな円柱状の黒い塊にフォークを差し込む。思った以上に柔らかい。ずぶずぶと沈んだフォークはカチと小さな音をたてて皿にぶつかった。

亜樹ちゃんが顔をあげる。思わずぎくっとする。

ミスタードーナツのポイントを集めてもらったこの皿を彼女が気に入っていないのは知っている。

亜樹ちゃんはパティシエだ。今はお爺さんのケーキ屋で手伝いをしている。そのケーキ屋を知る前は、ずっとミスタードーナツに通っていた。生クリームが挟まれたふわふわしたドーナツの虜だった。あれ、なんて言っただろう、エンゼルなんたらだ。いや、エンゼルがつくドーナツは確か何個かあった。記憶力はいいのに横文字が苦手だ。意味の理解できないネーミングのものがうまく覚えられない。大体、ドーナツってお菓子とはいえ揚げ物のはずだ。揚げ物の名前に天使をつける理由がよくわからないし、口にだして注文するのも恥ずかしい。近所のミスタードーナツはトレイに好きなものを載せてレジに運べばいいから救われるけれど。

「亜樹ちゃん、この皿は一緒に住むようになったら捨てるよ。亜樹ちゃんの好きな食器を一緒に選ぼうね」

「え？」と、亜樹ちゃんの眉間に皺が寄る。どうやら間違えたようだ。

亜樹ちゃんは「ああ、うん」と言いながら皿に目を落とす。違う、皿の上のチョコレートの塊を見つめている。きれいなかたちをした額から目を逸らして、僕もケーキに意識を集中させる。

フォークを引くと、中からとろりと黒い液体があふれだした。まわりの生地に絡めてすくい取り、口に運ぶ。温かい濃厚なチョコレートが舌にまとわりつく。

「どう？」と、亜樹ちゃんが僕の顔をじっと見つめる。

「ええと、なにショコラだっけ？」

「フォンダン・ショコラ」

そう言われても、食べたことのない僕には何に対する感想を言えばいいのかわからない。味なのか、柔らかさなのか、それとも半生に思えるこのチョコレート生地の溶けだし方についてなのか。

「温かいデザートっていいね、臨場感があって」

そう言ってしまってから、そもそも温かいケーキの試作だったことに気付く。紅葉の時期も終わり、随分と寒くなったからメニューを変えるそうだ。慌ててもう一口食べる。かすかな酸味とお酒の香り。空洞になったチョコレートの塊の奥から、赤黒く丸い果実がごろんと転がりでる。煮たチェリーだろうか。火の通った果物はあまり得意ではないのだが言えない。

「けっこうお酒きかせてる？　これはチェリー？」

「うん、チョコレートだけだと単調だからグリオット入れてみたの。グリオットだし、やっぱりお酒はキルシュかなって思って。あったかいフォレ・ノワールみたいじゃない？　あ、でも、それだったら真っ赤なソースをつけた方がいいかな」

フォレ・ノワールってなんだったっけ。

検索したいけれど亜樹ちゃんの前ではできない。

ふと、亜樹ちゃんがいつも話題にだす若い男の子の姿がよぎる。お爺さんの店で見かけたことがある彼は、彼女が前にいた店の後輩らしい。細くて背が高くて今時のファッションをした二十代の男の子。彼と亜樹ちゃんはよく一緒にケーキの試作をしているようだ。

彼ならこういう時にちゃんとした感想を言えるのだろうな、と思う。

「そっちはどう？」と促されるままに次の皿に手を伸ばす。かすかに傾いていたチョコレートの塊は、フォークを刺すとぐしゃりと崩れた。黒い光沢のある液体が皿に広がる。味は変わらないけれど、少しぬるい。

亜樹ちゃんが僕のフォークを奪っていく。チョコレートで汚れていたので焦ったが、彼女は気にせず二つのフォンダン・ショコラを食べ比べている。真剣な横顔を窺いながら、僕はティッシュで自分の口をこっそりと拭いた。褐色の染みがつく。

僕はどんなケーキもきれいに食べることができない。粉砂糖は必ず鼻息でまき散らし、唇のまわりはおろかひどい時には頬にまでクリームがつく。それを笑ってくれるか黙殺されるかで亜樹ちゃんの機嫌の良し悪しがわかる。

「三十秒かな。でも、やっぱりアツアツにはならないね」

亜樹ちゃんが立ちあがり、新しいフォンダン・ショコラからラップをはがし、電子レンジに入れる。「もう少しあったためてみようかな」と秒数を調整して、睨みつけるようにレンジの中を覗く。

「本当は焼きたてをだしたいんだけど、長岡さんの店にオーブンがなくて」

ぶつぶつ言っている。亜樹ちゃんはお爺さんの店を手伝いながら、紅茶専門の喫茶店にケーキを卸している。時々、亜樹ちゃんも店に立っている。その場で切ったり盛りつけたりするワゴンサービスのケーキは人気があるそうだ。

そうか、と気付く。僕のアパートで試作をするのは、お爺さんの店の電子レンジが年代ものだからだ。家のもしかり。彼女はお爺さんとお婆さんと一緒に店の奥に住んでいる。少しがっかりする。

「これはどうかな」

亜樹ちゃんが新しいフォンダン・ショコラを持ってくる。フォークで切った感触はぶにっだった。チョコレートは流れでてこない。代わりに白い湯気がたつ。

「あっつ!」

吐きだすわけにもいかず、大急ぎでマグカップの紅茶を口に流し込む。舌先を火傷してしまった。

「駄目だね、これは。火が入りすぎちゃってる」

亜樹ちゃんが溜息をつく。

「食感も悪くなってそう。どう？」

熱々濃厚チョコ蒸しパンみたいだね、と言ったら絶対に不機嫌になると思ったので

「ううん」と曖昧に笑う。

「でも、もうすぐ工事終わるんでしょう。ケーキ屋さんの方でやったら？」

「手まわるかなあ。工事が遅れているんだよね」

浮かない顔。『西洋菓子プティ・フール』はイートインをはじめるために改装工事をしている。亜樹ちゃんはずっと店でイートインをしたがっていた。喫茶店でだしているケーキはお客さんの反応が直に見えて勉強になるそうだ。この間もとても喜んでくれた女の子がいたらしく、亜樹ちゃんのイートインをやりたい気持ちに本格的に火がついた。しかし、お爺さんの許可は下りたものの、保健所の許可ももらわねばならず、古い店だったこともあってあちこち直さなくてはいけない箇所が見つかってしまった。

「うーん、そうした方がいいのかな。長岡さんのお店は濃いめのチョコレートケーキにして、フォンダン・ショコラはじいちゃんのとこの来年のバレンタインの限定商品にしようかな。レンジだとどうしても表面がさくっとしないし……」

流しの前にしゃがみ込んだかと思うと、すっくと立ちあがる。

「あ、そうだ。オーブン機能であったためてみようかな」

僕の返事を待たずラップをはがしだす。長丁場になりそうだ。こたつがあったかくて眠くなってくる。久々に亜樹ちゃんが僕の部屋に来てくれたのに、いつものようにここで寝てしまうわけにはいかない。

腰と太腿をこたつ布団から出して眠気を飛ばそうとする。レンジの前で亜樹ちゃんが振り返った。

「祐介、あんまり食べないね。じいちゃんのシュークリームはばくばく食べるのに」

ぎくりとする。僕はお爺さんが作る生クリームたっぷりのふわふわシュークリームの大ファンだ。ほとんど毎日食べている。三個も四個も買って、夕飯をそれで済ますこともある。

「最近、血圧や糖尿がちょっと心配で」

僕はぎりぎり二十代だけれど、そう見られたことがない。昔から老け顔だったが最近は腹もでてきて、自分でもすっかりメタボ中年の気分だ。亜樹ちゃんが目を細めて僕の腹回りを見つめる。

「もうすぐ健康診断があるから行こうかな」

なんとかシュークリームから話を逸らしながら、ずらりと並んだフォンダン・ショコラの残骸に手を伸ばす。

「あの事務所でそんなのあるの？」

「ううん、組合が年二回やってくれているから。事務所から一部補助金でるし」

「いいね、弁護士さんは」

結婚したら同じ弁護士国民健康保険組合に入れるよ、と言いかけて止める。亜樹ちゃんは橙色に光るレンジにもう視線を戻している。

鈍い電子音が狭い部屋に響く。時々、薄い壁を揺らしていた電車の音が聞こえなくなっている。もう終電も行ってしまったのかもしれない。

ちらっと亜樹ちゃんがこちらを見た。

「ねえ」

「うん?」

大きなフォンダン・ショコラの欠片を飲み込む。喉をゆっくりと落ちていく感触。

「ちゃんとおいしい?」

しまった、と思う。これが彼女の欲しかった答えだ。確か、言っていなかった。

「すごくおいしい、です」

そう言うと、亜樹ちゃんの顔が少しゆるんだ。いつもきりっとしているから、そういう顔をするとすごく可愛い。

やっぱりチョコレートはどきどきする。

アパートから電車で五駅。パチンコ店が並ぶ街に、僕の所属する弁護士事務所がある。都内だけれど、微妙に開発から取り残された猥雑な街は、ガード下の飲み屋と昼間からうろうろする酒臭いおじさんと群れているヤンキー風の若者がやけに目につく。どれも苦手な僕は薄汚れた駅からなるべく早足で離れて、事務所が入っているテナントビルへ向かう。

ビルは商店街の中にある。その名もハッピー六原。退色した虹色のアーチ状看板を見る度に気分が萎える。三軒に一軒の割合でシャッターの下りた、まったくハッピーにならない商店街なのだ。アーケードのせいで薄暗く、野菜も魚も肉もどことなく色がくすんで見える。一軒だけあるコンビニの明かりだけが場違いに白い。

商店街の外れ、ファミーユ柴田という家族経営のスーパーの隣に事務所のビルはある。乱雑に停められた自転車の隙間をぬってビルに入ろうとすると、ハンドルにリュックがひっかかり自転車が倒れた。悪夢のようにドミノ式に倒れていく。

ほぼ毎朝これだ。げんなりしながら自転車を一台一台起こすと、ビルの灰色の階段を上った。エレベーターはずっと壊れっぱなしで使えない。事務所は三階だけれど、僕の息を切らすには充分な段数だ。

曇りガラスのはまった事務所のドアを閉めるなり、事務の女性に袖を引っ張られた。

「ちょっと先生、お客さん来てるのよ。お願い」

「えっ、予約は入っていませんでしたよね？」

「朝来たらドアの前に座り込んでいたのよー、この寒いのに。ちょっとお酒も飲んでいるみたいだったしね、追い帰すわけにもいかないじゃない。だから、応接室入ってもらったんだけど、もうすぐ笹崎《ささざき》先生のお客さん来ちゃう時間だから困っちゃって。先生、ちょちょっと話聞いてあげてよ」

もう五十過ぎの、みんなから「おばちゃん」と呼ばれている事務の山内《やまうち》さんは早口でまくしたてながら僕をぎゅうぎゅうと押す。頂き物のお菓子を事務所の誰よりも食べているせいか重量感が凄まじい。すごい力で応接室の前に追いやられる。

「でも、僕まだパソコンも立ちあげてないし……コートも……」

「そんなの後でいいからお願いよ。あんまり待たすと面倒なことになっちゃうかもしれないじゃない。ほら、コートはかけておくから脱いで、脱いで」

応接室といっても衝立で仕切っているだけなので丸聞こえだ。これ以上、依頼人の機嫌を損ねるような発言をされると困る。急いでコートを脱いで手渡す。

中に入ると、パイプ椅子に座った女性と目が合った。案の定、怪訝な顔をしている。

「あ……こんにちは、弁護士の田辺《たなべ》祐介と申します」

ポケットに名刺がないことに気付き、リュックサックの中をあさってなんとか財布の中に一枚見つけだす。顔が火のように熱い。汗で手がじっとり湿ってくる。「よ、よろしくお願いします」と、どもりながら名刺を差しだす。女性が受け取らないので仕方なくスチール机の上に置き、椅子をひく。

「あの、大先生は?」

椅子に座った僕を拒否するように、尖った口調で女性が言う。だぶだぶのトレーナーを着て茶色い髪を雑に束ねている。四十過ぎくらいか。化粧をしていない顔は眉毛がなくて怖い。亜樹ちゃんもたいがい化粧気がないけれど、目の前の女性は全体的に潤いがない。普段、肌を覆っているものがない、という感じ。

「大先生でお願いします、と言ったはずですけど」

「す、すみません、ちょっと先約がありまして」

うちの事務所のボスの大森《オオモリ》先生はたいてい昼を過ぎないと事務所に来ない。たいがい二日酔いで、やっと事務所に来たと思っても時々ふらっとパチンコに行ってしまう。切迫した雰囲気の女性にとてもそんなことは言えない。

女性は納得していなそうな顔でこちらを見ている。話を伺っていいものか。僕に対して明らかに不信感を抱いている。話を切りだしにくい。「ええと……」と言いよどみ、こんな時のために作っておいた書類があったことを思いだす。

「ちょっとお待ちください」と応接室を飛びだし、自分の机へと走る。引きだしを開け閉めしてファイルを探していると、前の机の笹崎さんが煙草を吸いながら僕をちらっと見た。

頭を下げると、細い顎を軽く揺らして煙を吐いた。事務の山内さんも含めて、うちの事務所はこのご時世では珍しく僕以外全員がヘビースモーカーだ。おかげでいつも部屋の天井付近には白いもやがかかり、壁も本も何もかもが黄ばむ。新しい弁護士が入ってもすぐに辞めてしまうので、いつまでも僕が一番下のままだ。

応接室に戻る。女性は依然として不信感に満ちた顔をしていた。

「ええと、今日はどういったご相談でしょうか」

女性は僕の顔を見上げて、大きな溜息をついた。

「旦那と別れたいんだけど、話になんないからさ」

予想通りだ。ファイルから裏表に印刷した紙を取りだす。

「あ、じゃあ、離婚のご相談ということでよろしいですね。では、こちらにご記入をお願いします」

紙に目を落とした女性の眉間に皺が寄る。「夫婦問題事前聴取書」という一番上の文字を見つめている。氏名や生年月日、住所以外はチェックシート形式で作ってあるから難しくはないはずなのだが。相談したい事柄、離婚意志の有無、離婚話の原因、子供の有無と親権に関する希望、財産分与などの項目が並んでいる。相談をスムーズに進めるために僕が作ったカルテのようなものだ。

「書けるところだけで結構ですので」

「あのさ」と、女性が顔をあげた。「前はこんなのなかったけど」

「前のことはわかりませんが、こちらに記入していただく方がご状況を把握しやすいかと思います。後々の記録にもなりますし」

また汗が吹きだしてきて、早口になってしまう。

「記録」

女性は目を細めた。「記録ね」と繰り返す。

「あたしはちょっと話聞いてもらいに来ただけなんだけど。旦那と話そうにも何か言うと暴れるわ怒鳴るわで埒があかないしさ」

背もたれにのけぞって肩を揉む。服の隙間から赤い痣《あざ》のようなものが見えた。よく見ると左の頬も少し腫《は》れている。

「旦那さん、もしかして手をあげられましたか？」

「は？　ああ、あの人、カッとなるとわけわかんなくなるからね。まあ、あたしも殴り返したけど」

「では、警察に連絡しましょう」

「え？」

「ＤＶ防止法というものがあるんです。接近禁止命令といって、旦那さんがこちらに接触できないようにできます。大丈夫です、僕がついていますから」

女性が僕を見つめた。安心してもらおうと、頑張って笑顔を作る。

けれど、女性の顔はみるみる険しいものになった。

「DV？　警察？　なに言ってんの、あんた。ちょっと意味わかんない。もう、いいよ。大先生いないんだったら帰るし」

立ちあがりダウンを摑むと、女性は逃げるように応接室を飛びだしていった。身近な人物から暴力を受けている人の中には、なかなかそれを認められない人もいる。帰してはまずい。それに、相談料もいただいていない。

後を追って僕も飛びだすと、お茶の盆を持った山内さんにぶつかった。悲鳴をあげたのは山内さんだったが、弾き飛ばされたのは僕だった。事務所のドアが勢いよく閉まる。

その時、外で「うお！」と大きな声がした。

「おうおう、なんだママじゃねえか。どうした、どうした」

大森先生のだみ声が廊下に響き渡る。女性がなにやら訴えているがうまく聞き取れない。

「あーわかった、わかった。じゃあ、旦那連れてこいよ。いつでもいいから、俺の携帯に電話してくれ。ああ、うんうん、わかった、はいはいはい。すまんな、俺いまからちょっと用事あってさ。またゆっくり聞くわ。店？　店も行くから、はいはい」

ドアが音をたてて開く。大森先生がでっぷりした腹をさすりながら入ってきた。床に尻餅をついた、お茶でびしょ濡れの僕を見下ろすと、「なにしてんだ？」と寝癖だらけの頭を掻いた。

隣のファミーユ柴田でワイシャツを買って着替えた。ファミーユ柴田はスーパーなのに、なぜか衣料品の一角がある。誰が着るのかわからないような派手な柄物ばかりだと思っていたら、奥の方に一応置いておくという感じで白いワイシャツがあった。隣は白いブリーフだった。透明のパックに入ったワイシャツは、身頃はしわしわなのに襟は糊《のり》がききすぎていた。

ついでに唐揚げ弁当を買ってくるように頼まれた。今の時間に行けば揚げたてだから、と。あそこのスーパーは自分のところで作っているから弁当がうまいんだよ。大森先生はそう言って、僕と山内さんの分までお金をくれた。笹崎さんは胃弱なので脂っこいものは食べない。

雑然とした事務所に唐揚げの芳ばしい匂いが広がっていく。胡麻塩のかかった白飯を嬉々としてかき込む大森先生を眺めていると、自分はお使いくらいしか満足にできない人間のように思えて暗澹《あんたん》たる気分になった。

弁護士同士は先生と呼び合うのが一般的なのに、大森先生が僕を先生づけで呼んだのは初日だけだ。さっきも僕の作った法律相談聴取書をざっと見て、「いやー、これは駄目だろ。特にああいう依頼人には」と子供の宿題を見る父親のように笑った。

「でも、どこもやってますよ」

「どこもってどこだ」

「……僕が修習で行った弁護士事務所にはありました」

司法試験に受かった後は司法修習生となり、裁判所と弁護士事務所と検察庁を一年間かけて回る。

「そこはそこ、うちはうち」

「でも」と、僕は珍しく食い下がった。

「後で何かあったらどうするんですか。最初と主張が変わってくる依頼者も多いので、ちゃんと明記しておく方が手間が省けませんか」

「それはお前の都合だろ」と、大森先生は煙草に火を点けた。

「さっきのママはさ、離婚する気なんてないんだよ」

「ママ？」

「彩花《あやか》のとこのママ。駅前のスナックの。あれ、連れていったことなかったか？　今度一緒に行くか」

「いえ、結構です」

「ああそう」と、大森先生は引きだしから市販薬を出した。また二日酔いだろう。

「たまに来るんだよ。旦那がヒモみたいなもんでさ。でも、ヒモはヒモでプライドがあるから、強くですぎる時があって小競り合いになるんだよな。ちょっと反省してもらいたいだけでママは別れる気はないよ」

「ヒモで暴力を振るうなんて、最低じゃないですか。別れた方がいいですよ」

「まあ、それはさ、俺らが決めることじゃないからな」

錠剤を口に放り込み、水なしで飲み込む。

「相談をしているうちに、こりゃ最低だわってママが思ったら離婚を考えたらいい。機械じゃないんだから依頼人の主張なんて変わるもんだって。まずは話を聞いてやることだよ」

やっぱり水くれ、と大森先生は山内さんに声をかけて、「弁護士はサービス業なんだから依頼者を満足させてやんなきゃ」とお決まりの台詞を口にした。

僕にはそれがうまくできない。確かに、依頼者の感情に乗っかったふりをして共感の姿勢を見せながら話を進めるべきだとは思う。その方が、結果がでなくても逆恨みはされないだろう。けれど、どうも感情的な話になりやすい離婚調停は苦手だ。カウンセラーじゃないのだから精神的なケアまですべきなのかどうかも疑問だ。法律的に正しいことを提示するのが僕らの仕事ではないのか。

僕はこの事務所に来る前は大手の法律事務所で、海外企業相手の渉外案件ばかりやっていた。弁護士は二百人以上もいて、基本的にチームで仕事をしていた。そこでわかったのは自分の協調性の無さだった。勉強はできる、けれど、協調性もコミュニケーション能力もない。そういう新米弁護士は毎年掃いて捨てるほどいるようで、有能そうな人材を大量に採用して、ついていけない者は切り捨てていく事務所だった。そして、僕もその切り捨てられたうちの一人だった。

弁護士という職業は潰しがきかない。そして、自分で事務所を持つまでは契約制のフリーランスのような立場だ。依頼主と直接やりとりをするノウハウを身につけてみてはどうか、と同じ大学の先輩が声をかけてくれて大森先生を紹介された。

大森先生は変わった人だ。今回のように離婚しようとしている夫婦を呼んで相談を受けることは通常はあり得ない。弁護士は依頼人の側に立ち、依頼人の依頼に基づいて動くのであって、中立の立場ではないからだ。基本的には、対立していたらどちらかの味方にしかつけない。

けれど、大森先生は喧嘩の仲裁みたいなことをする。今回もうまくまとめられる自信があるから夫を連れてこい、と言ったのだろう。だから、この商店街では揉め事が起きると、すぐに大森先生のところへ話がくる。裁判はおろか調停になることすら滅多にない。おかげで老人たちがつけた大森先生のあだ名は「大岡越前」だ。さすがに口約束だけでは心許ないという場合は、笹崎さんか僕が公正証書を作ったりする。訴えが起きないということは勝訴もなく、すると弁護士の報酬もほぼない。それでも、何も起こらないのが一番だと豪快に笑う。

大森先生を見ていると、僕に開業は向いていない気がしてくる。大森先生が極端な例だということはわかっている。それでも、自分が依頼人から必要とされていないという事実に落ち込まない日はない。僕は日々、大森先生がすっぽかしがちな弁護士会の委員会等のスケジュール管理や書面作成といった秘書のような仕事ばかりしているし、それが性に合っていると思う。看板を背負うなんてことはとても考えられない。

相続で揉めている依頼人との打ち合わせを終えると、外に出て唐揚げ弁当を食べた。公園は寒かったが、大森先生の言う通り唐揚げは冷めても外はさくっとしていて、中は肉汁がたっぷりでおいしかった。次回は家庭裁判所で調停だ、と思うと冷えたご飯が喉につかえた。僕は裁判所に行く度にお腹を壊す。

食べ終えると、電車に乗って霞が関に向かった。裁判所の裏に弁護士会館がある。僕はここの図書館に週に二回は行く。裁判例調査のためのデータベースがあるからだ。もちろん事務所でも調べられるのだが、弁護士会館には複数のデータベースがあって無料で使える。判例のデータベースを作っている会社はいくつかあって、収録されているものが微妙に違うことがある。僕は裁判の前に類似の判例がないかをしらみつぶしに調べる作業が嫌いではない。パソコンが苦手な大森先生は老眼がきついと言って逃げるので、僕が先生の分まで調べてくることも珍しくはない。

資料に埋もれていると、心が落ち着いてきた。メールで亜樹ちゃんを夕飯に誘ってみる。今日は喫茶店の定休日のはずだ。亜樹ちゃんは滅多に自分から連絡してこないし、返事も遅い。一時間ほど待っても返事が来なかったので、諦めて携帯電話をしまった。

目の奥がちかちかしてきたので席を立った。外に出ると、もう真っ暗だった。

マフラーをきつく巻きなおしポケットに手を入れて地下鉄の駅に向かう。乾いた風が吹きつけてくる。裸の木々が寒々しい。妙にすっきりとした道を歩いていると、胃の中がすうすうとした。

ふいに、甘くて柔らかいものを頬張りたくなった。

まっすぐ事務所には戻らずに途中で下車した。

商店街を歩く。亜樹ちゃんたち家族が住む町。

僕の事務所のある商店街とは違い、道が広くて空が見える。今日は濃紺の空の端に細い月が見えた。二階が住居になっている店が多いので夕飯の匂いが漂っている。ここのどことなくのんびりした雰囲気が好きで、商店街の裏手に部屋を借りた。大学の法学部に受かった時だからもう十年以上も住んでいる。大学の中頃にお爺さんの店に通いはじめて、そこで同じく大学生だった亜樹ちゃんと知り合った。

生真面目にお菓子作りに向かう姿勢に好感を持った。亜樹ちゃんは愛想の良いタイプではなく口調も柔らかくはない。しかも、顔立ちがきりっと整っているせいで誤解を受けやすい。でも本当はすごく気を遣う子で、お客さんのことをよく見ている。

在学中に司法試験に合格できたので、卒業と同時に告白をした。それから、ずっと何事もなく続いている。

お爺さんの店はビニールシートで半分以上覆われていた。改装工事中だったことを思いだして肩を落としかけると、暗がりに店の立て看板がでているのに気付いた。シートの隙間から透明な光ももれている。

ほっとして近付こうとすると、若い男の子が店から出てきた。見たことがある。思わず交通安全の看板の裏に隠れてしまう。

男の子は僕には気付かず大股で歩いていく。カジュアルな革のジャケットから長い脚がすらりと伸びている。黒縁の眼鏡をしていても野暮ったく見えない。Ｗｉ－Ｆｉを完備したスタイリッシュなカフェが似合いそうなタイプ。

恐らく亜樹ちゃんの後輩だ。店で何度か亜樹ちゃんと試作をしている姿を見かけたことがある。その時はもちろん挨拶もせずにこそこそと帰った。スターバックスにさえ入れない僕が、そんなお洒落な若い子の前で堂々と振舞えるはずがない。

男の子のすっきりした後ろ姿が夕闇に消えていく。大学の時から着ている自分の分厚いダッフルコートが恥ずかしかった。道の端でじっとしていると、ガラス戸が開いてお爺さんが出てきた。上品そうな女性客と一緒だ。

「そのコーヒー味のエクレア、気に入られましたか」

「ええ、コーヒーはまだ駄目なんですけど、この苦みばしったカフェ味にはなぜかやみつきになってしまって。夫も気に入っているんです。お孫さんが作られました？」

いやいや、と満面の笑みでお爺さんが頭を下げる。孫馬鹿だ。

「またよろしくお願いします。ありがとうございました」

見送ると立て看板に手をかけ、くるりとこちらを向いた。目を細めて僕を見る。

「おう、誰かと思ったら祐介か。なに、そんなとこで突っ立ってんだ？　入るんだろ？　ちょうど良かったな。いま閉めるとこだった」

「え、シュークリームは⁉」

はっとなって叫んでしまう。お爺さんの作るシュークリームはこの店の人気商品で、夕方前には売り切れてしまうことが多い。電話をしておけば良かった。

「余ってんぞ。工事中だから店が休みだと思ってるみたいでさ、まったく商売あがったりだわ、このシート。亜樹の奴、外装も変えるんだと。まあ、やるって決めたんなら好きにやったらいいさ」

かすかに不安になる。僕はこのあか抜けない店が好きだ。確かにお洒落でも今風でもないけれど、昭和の洋菓子店といった趣きでとても落ち着く。仕事でボロボロに疲れた男が気負うことなく一人で入れる店だったのに。

なにより、お爺さんの作るシュークリームは絶品だ。優しい黄色の皮に歯をたてると、生クリームがあふれでてくる。吸いついてクリームを飲む瞬間がたまらない。甘い幸福がとろとろと身体に流れ込み、脳を満たしていく。クリームと柔らかいシュー皮、単純な味に安心する。

「本当だ、けっこう残ってますね」

ショーケースを覗き込みながら言うと、「嬉しそうな顔してんじゃねえよ。こっちは困るんだよ」と僕を睨みつけた。

「じゃあ、ここにあるの全部買いますよ。今日はまだ仕事するので五個くらい楽勝です」

「おい、お前なあ、亜樹に怒られるぞ。ぶくぶく肥えやがって」

お爺さんはコック帽を脱ぐと坊主頭をさすった。

「ちょっと上がっていけよ。茶くらいする時間あんだろ。おい、ばあさん、シュークリーム五個詰めておいてくれ」

奥の方に向かってわめきながら厨房に入っていく。厨房の奥はお爺さんたちの居間になっている。古びた木の廊下に腰かけて靴を脱いでいると、大根を煮る匂いがして居間の奥の台所からお婆さんがでてきた。

「あらあら、祐介さんお久しぶり。お夕飯いかが？　まだ亜樹も帰ってきていないの」

「お久しぶりです。ありがとうございます。でも、まだ仕事が残っているのですぐにお暇《いとま》します。あの、亜樹さんは？」

「厨房機器の卸し問屋に行ってる」

　さっさと来い、とでも言いたげな口調で、お爺さんがこたつの中から大きな声をあげた。急いでお爺さんの向かいに座る。

「イートインで使う食器も見てくるって言ってたな。長岡の奴が付き合ってくれてるらしい。あいつはこだわりが強いから遅くなるかもしれないぞ」

「あ、いいんです。すぐ帰りますから」

　亜樹ちゃんが帰ってくる前に戻らないと、待っていたかと思われてしまう。メールの返事を催促しているようで恥ずかしい。

　ストーブの上でやかんが小刻みに震えている。お婆さんは緑茶を淹れて僕とお爺さんの前に置くと、店の方へ行ってしまった。柔らかな匂いの白い湯気を眺める。

　お爺さんが抹茶色の箱をこたつ机の上に置いた。右下に「御菓子司」とかすれた印が捺《お》してある。中から黒っぽいどら焼きのような菓子を取ると、ひとつを僕に渡してきた。

お爺さんが透明のセロファンをはいで頰張る。僕もならう。かぶりつくと、黒糖の優しい香りが鼻を抜けた。むちむちした蒸しパンに粒あんが挟まれているだけの素朴な菓子だ。甘さが控えめで、いくらでも食べられそう。

お爺さんはぼくぼくと顎を鳴らして瞬く間に平らげると、二個目に手を伸ばした。

「やっぱ、うまいよな。南蛮焼って言うんだ、ばあさんの実家の駒込の方にさ、明治のはじめからある店でさ。懐かしい味だ」

菓子を二つに割って黒い粒あんをじっと見つめる。一口食べて「変わらん」と呻いた。

「無駄がない。足すもんも引くもんもこれ以上ない」

「おいしいですね」

「お前には一個しかやらんぞ」

どんぐり眼でぎょろっと僕を見て、「これな」と茶をすすった。

「さっき出ていった坊主が置いていった。亜樹の前いた店の後輩だってよ」

胸が曇った。あの男の子が亜樹ちゃんによくお菓子を買ってくることは知っていた。この間は有名なフランス人パティシエのマカロンをもらったと言っていた。

フォアグラが入っていたのよ、トリュフも。よくあんな味を考えつくなって思った。お酒にぴったりだったわ。スミタカくんって流行のスイーツに詳しくてね、勉強になるの。やっぱり新しいこともしていかなきゃ飽きられちゃうよね。

そう熱っぽく語られた。亜樹ちゃんを喜ばせたくて熱心にリサーチしているのだろうに、それに気がつかない亜樹ちゃんの鈍感さに少し苛立った。亜樹ちゃんは何事にもまっすぐで、それゆえに前しか見えていない時があって危なっかしい。

それにしても、流行を追っかけているだけの若者かと思ったら、お爺さんにはちゃんと老舗の和菓子を選んでくる辺りは抜け目がない。黒い雲が胸を覆っていく。ああ、これは不安だ。

亜樹ちゃんのお爺さんは僕を覗き込み、見透かすように「お前、うかうかしてると危ねえんじゃねえの」と口の端で笑った。

「大体、お前ら結婚話はどうなってんだ。そういうのは勢いだから、あんまりずるずる延ばすもんじゃねえぞ」

ぎくりとする。「それは……」と言いかけて、呑み込む。お爺さんから目を逸らし、熱いお茶を喉に流し込む。

去年の夏、亜樹ちゃんにプロポーズした。受けてもらえて、亜樹ちゃんは前のパティスリーを辞めた。けれど、その矢先にお婆さんが怪我をしてしまい、亜樹ちゃんはお爺さんの店を手伝うことになった。それから一年以上経つが、亜樹ちゃんは店に夢中だ。まずはイートインを成功させてから、と言われたし、頑固な亜樹ちゃんはこうと決めたら動かない。結婚話は頓挫《とんざ》したままだ。

けれど、今それをお爺さんに言ったら、この店のせいだと言っているように捉えられそうで嫌だ。

「亜樹は余裕ないところあるからさ、お前がガンガン引っ張っていくべきじゃないのか」

それは違う。亜樹ちゃんはしっかりしている。お爺さんの作ったこの店を継いで守っていくつもりなのだろう。むしろ、僕の方が遅れている。胸の黒いもやもやが濃くなっていく。

お爺さんが突然、立ちあがり厨房へ行ってしまう。何か思いついたのだろう。話の途中だというのに。亜樹ちゃんとそっくりだな、と溜息がもれる。

「祐介さん」

ふいに柔らかい声がして、風呂敷包みを渡された。どっしりして温かい。

「おにぎりとおかずが少し入ってます。ちゃんと食べないと、ちゃんと考えられませんからね。良かったらお夜食にでも」

「あっすみません」

お婆さんが僕を見つめる。ふくふくと優しげな笑みを浮かべている。

「あの人も亜樹も狭い世界で生きているんですよ。職人さん特有の。自分の常識や言葉が通じる人としか接してきてないんです。だから、迷惑をかけると思います」

「いえ、そんな」と答えながら続く言葉がでてこない。狭い世界は僕も同じだ。今日のことを思いだして苦い気分になる。

その時、ガラス戸が開く音がした。「ただいまー」と軽快な足音が近付いてくる。僕が腰を浮かしかけたのと、「あれ、スミタカくん、来てるの？」と亜樹ちゃんが居間に顔を覗かせたのが同時だった。

「あー祐介か」

かすかに声音が下がる。

「坊主ならさっき帰ったぞ、手土産置いて。ああ、そうだ。これチョコレートを使ったケーキ案だってさ。坊主が置いていったぞ」

お爺さんが後ろから現れ、こたつの上の白い紙を指す。デリス・ショコラ、ボレロ、ザッハトルテ、オペラといったケーキ名とその応用案、人気パティスリーのお勧めチョコレート菓子とそのスケッチ、それぞれに「ボンボンショコラのような口溶け」とか「力強いカカオ」とか、僕には味の想像ができない感想がぎっしりと書かれている。

「あいつずいぶん勉強するようになったな」

亜樹ちゃんは軽く頷きながら紙を手に取った。もう夢中になっている。ざっと読むと、こたつ机の上に目を落とし「あれ、懐かしい」と南蛮焼の箱を開ける。

「坊主の手土産」

お爺さんが手を伸ばそうとすると、お婆さんが「もうすぐお夕飯ですよ！　さっき二個も召し上がりましたよね」と叱りつけた。お爺さんは首を縮めてこたつで背を丸める。よく見ている。いい夫婦だよなあ、と羨ましくなる。

亜樹ちゃんはまた紙に目を落としながら、ぱくりと南蛮焼を頬張った。お爺さんとよく似た口の動きでもくもく咀嚼していたかと思うと、いきなり立ちあがって携帯電話を取りだした。

「あ、スミタカくん、ちょっといい？　いま思いついたんだけど、この間のブラジルプリンね、黒糖のカラメルが合う気がしない？　そう、そう、持ってきてくれた和菓子食べて思いついたの。ほら、黒糖の甘さってこくがあるのにすっとしてるし。やっぱり暑い国のものだからかな。うん、今から試作してみるつもり。え？　戻ってくるの。あーそう、じゃあ、先にはじめとく」

話しながら厨房へと戻っていく。

「ブラジルプリン……？」と僕が呟くと、お爺さんが溜息をつきながら言った。

「この間、坊主が持ってきた変わり種のプリンだよ。ブラジルではプリンをココナッツミルクと練乳と卵で作るんだってさ。普通のプリンと並べて店にだすって、この間から試作してんだ。食ってないのか？　濃厚で面白い味だぞ、亜樹らしい」

お婆さんが僕のお茶を注ぎ足す。

「ああなると長いから、わたしたちは先にいただきましょうかね」

　慣れているようだ。亜樹ちゃんこそちゃんと食べているのか心配になる。お婆さんが台布巾《だいぶきん》でこたつ机を拭きはじめる。慌てて立ちあがり、部屋の隅に置かれたケーキ箱の入った袋を摑む。

「すみません、お邪魔しました」

　靴をつっかけ、厨房を抜ける。エプロンを巻いた亜樹ちゃんが「祐介、夕飯食べていかないの？」と声をあげたが、「またゆっくり」と足元を見ながら言った。

　亜樹ちゃんの顔が見られない。心配なのに優しい言葉がかけられない。黒いものが胸の中を渦巻いている。今、亜樹ちゃんに覗き込まれたら、どろりと溶けだしてしまいそうだ。なんて言ったっけ。そうだ、フォンダン・ショコラみたいに。黒いどろどろしたものを吐きだしてしまう前に店を出よう。

　ガラス戸を開けると、冷たい空気が僕を包んだ。澄んで尖っている。冬の夜に身体を馴染ませながら駅に向かって歩いた。シュークリームの入った白い箱が不安になるくらいふわふわと軽かった。

　事務所に戻ると、まだ笹崎さんが仕事をしていた。珍しい。

　僕に気がつくと、「どうだ」と煙草の箱を差しだしてきた。ちょっとだけ吸いたい気分ではあったが、僕がやさぐれてみても滑稽なだけなので「遠慮しときます」と断った。

すぐに仕事をはじめる気にもなれず、煙草に火をつける笹崎さんの細長い指を見つめていた。笹崎さんの身体はどこもかしこも細長く、骨ばっている。痩せているというより干物みたいに乾いているという感じだ。

簡易キッチンや応接室の明かりが消えた室内は薄暗い。笹崎さんの叩くキーボードの音が小さく響いている。ふと、来月は師走だ、と気付く。弁護士会や自分の所属している委員会の忘年会もあるし、年内にすっきりさせたいという心理が働くのか調停の数も増える。作れる書類は今のうちに作成しておく方がいい。

笹崎さんは飄々としつつも几帳面で計画的だ。口数も少なく、大雑把な大森先生とは対照的だがいいペアだ。二人は同じ年齢らしいのだが、関係はよく知らない。どちらに訊いても、将棋好きの縁でね、というざっくりとした答えしか返ってこない。

「朝の女性ね」

突然、笹崎さんが口をひらいた。

「夕方に来たよ、旦那連れて。連れてっていうか、お互い胸ぐら摑み合うみたいにしてなだれ込んできたな」

くっくっと目尻に皺を寄せて笑う。

「壮絶だったよー。まあ、大森先生がいつものように丸く収めたけど。いやあ、面白かったなあ。いいよね、ああいう夫婦喧嘩」

「いいですかね。暴力を振るう人間は最低だと思いますけど」

「陰湿な暴力よりいいと思うけどな。俺が今やってる離婚調停なんてダブル不倫の泥沼だ。今日の二人は散々罵り合ってすっきりした顔してたよ」

「二人で帰られたんですか？」

「奥さんは仕事に行って、旦那は大森先生と飲みに」

肩をすくめながらも楽しそうだ。黙っていると、ちらりと僕を見た。

「数年毎にこういう大爆発があるんだよ。そうやって続いてる夫婦だ。こんな機会でもないとお互いに鬱憤《うっぷん》を吐きだせないんだろうな。こういう利用のされ方もあるんだって思うよね。面倒くさいが、悪くはない」

気配だけでも騒がしい大森先生がいない夜の事務所は静かだ。そのせいか、笹崎さんは珍しくよく喋る。

基本的に依頼人のことは人には話さない。前は亜樹ちゃんにその日あったことを話していたが、一度喧嘩みたいになってからは止めるようにしている。

相手の不貞による離婚調停の場合、少しでも有利に進めるために依頼人には証拠集めを徹底的にしてもらう。今回は不貞相手とのメール記録があったからラッキーだったよ、と話した時だった。

亜樹ちゃんが「そのメールって勝手に見たの？」と嫌悪感を露わにしたのだ。

「そんなことしていいの？　夫婦の間のプライバシーは法律は守ってくれないってことなの？」

すごい剣幕に一瞬ひるんだ。亜樹ちゃんは興奮を隠せない口調で「そんなんだったら結婚って何のメリットがあるの。互いの従属物になるだけじゃない」と憤っていた。

僕は驚きながらもなんとか説明した。プライバシーの権利が守られないわけではなく、民事は刑事事件と違って入手方法の不確かな資料も証拠になるから、探偵に調査をさせるとか日記やメールの盗み見がどうしても横行してしまう。プライバシー侵害は別件として訴えることができるけど、お金もかかるし賠償金も低額なので誰もしないから一見許されているように見えるだけなのだと必死に伝えた。

亜樹ちゃんは真剣な顔で僕の説明を聞き、ほっとした表情を浮かべた。その顔を見て、亜樹ちゃんには何か秘密があるんじゃないかと思った。

法律的な結婚のメリットはいくつかある。戸籍的な側面が強い。けれど、言えなかった。それは気持ちの面でのメリットではないから。亜樹ちゃんにはそのメリットが見つけられていないのかと不安になった。

本当はずっと疑念と不安がある。訊きたいこともたくさんある。僕のことをどう思っているのか、どこが良かったのか、どうして結婚する気になったのか、本当はお菓子と店のことしか考えていないんじゃないのか。そして、秘密の有無も気になる。

でも、訊けない。なにもかも壊れてしまいそうで。どろどろとした黒いものを呑み込んだまま結婚して一緒に暮らせば、それは自然に消えるのではないかと淡い期待を抱いている。そして、期待の淡さに比例して結婚生活のイメージも薄ぼんやりと覚束ない。

机の左右に積まれた法律の本を眺める。六法、遺言、交通事故、建築訴訟、労災、刑事事件、相続……。これらの知識を駆使して僕が人を幸せにできる可能性は一体どれだけあるのだろう。納得させることさえ難しい気がする。

秘密なんてきっとみんなある。でも、結婚すればその影に怯えなくてもよくなるなんていう発想は甘かったのかもしれない。じゃあ、僕は何のために。

「夫婦ってよくわからないですね」

思わず口にしていた。笹崎さんは一定の調子でキーボードを叩いている。聞こえなかったようだ。胸を撫で下ろしかけた時、ぼそりと笹崎さんが呟いた。

「俺は離婚しているから偉そうなこと言えないけど、喧嘩しなくなったら終わりだと思う。喧嘩して終わることもあるけど、しないよりはましだ」

「でも、しない夫婦もいますよ」

お爺さんとお婆さんの様子が浮かぶ。言葉数は少ないが、理解し合っている穏やかな空気がある。膝の上に置いた風呂敷包みが温かい。

「その夫婦の最初から全てを知っているわけじゃないだろう」

「え」

「してきたんだよ、きっと。まあ、俺も知らないけどさ」

僕の顔を見て、ふっと笑う。

「今日の夫婦喧嘩、今後の参考までに見ておけば良かったな」

「え」

「結婚するんだろ」

言ったのはもう一年も前なので、忘れられてるかと思っていた。

「まあ、結婚も離婚もたいしたことじゃないよ。しても、しなくても、一度くらいは後悔するし、一度くらいは良かったと思う。それだけのことだ」

デスクチェアを軋ませながら立ちあがる。笹崎さんは「コーヒーでも飲むか?」と細い首を回す。

「あ、僕、淹れます」

「いいって、いいって」と、笹崎さんが長い手をひらひらと振る。

「あの、じゃあ、シュークリーム一個いかがですか?」

机の上の白い箱を持ちあげる。言ってから甘い物は好きじゃなかったかな、と思う。

笹崎さんは一口コンロの前で振り返ると、おっと口をひらいた。

「お前がいつも食べてる懐かしい感じのシュークリームか。あれ、食ってみたいと思っていたんだよ」


コーヒーの香りの中、柔らかい塊を頬張る。クリームが舌の上でなめらかに溶けていく。バニラの甘い匂い。頭の芯がじわりと痺れる。

甘い物はこんなにも簡単に人を幸福にする。

無機質なブラインドの向こうからスナックのカラオケの音がかすかに聴こえた。二個目のシュークリームを潰れないようにそっと摑みながら本を開く。古い紙の匂いが甘い香りと混じり合った。


終電を逃してしまい、朝方にアパートに帰った。

こたつに倒れ込んで数時間眠って、目が覚めると身体中の関節が痛かった。じっとしていても目が潤むくらいに痛い。なんだこれは、と起きあがり、ぐらぐら揺れる視界に風邪だと気付く。

不幸中の幸いで、今日は休日だ。仕事に穴を空けないで済む。ただ、冷蔵庫は空っぽだし、休日診療の病院に行くのも億劫だ。ベッドの上に散らばる本や書類を除けて、掛け布団にくるまる。手を伸ばしてカーテンを開けると、白い日差しが目の奥を刺した。

寒いのに、熱くてぼんやりする。

頭の奥でちかちかと何かが瞬いた。日差しかと思ったらチャイムが鳴っていた。

起きあがれずにいると、鍵穴が鳴ってドアが開いた。「祐介、寝ているの？」と亜樹ちゃんの声がした。ケーキ屋も喫茶店も休日は忙しいはずだ。買いだしか何かのついでで寄ってくれたのだろう、コートの下はコックコートだった。

亜樹ちゃんは横になったままの僕を訝《いぶか》しげに見下ろしている。

「昨日、様子おかしかったからどうしたのかと思って。朝帰り？　忙しいの？」

「亜樹ちゃん、僕ちょっと風邪みたいだから近付かない方がいいかも」

「え」と、一歩下がる。自分で言ったくせに、その反応にかすかに傷つく。

「そうだ、生姜湯あるよ。飲む？」

玄関の方へ戻っていく。スーパーの袋ががさがさいって、コンロに火をつける音が聞こえた。

「後で風邪薬とか冷えピタとか買ってくるね。もう、自己管理も仕事のうちだよ」

そう言いつつも、亜樹ちゃんは妙に浮き浮きしている。昨夜の試作がうまくいったのだろうか。あの男の子と何時まで一緒にいたのだろう。また気分が曇ってくる。考えまいとしても考えてしまう。

亜樹ちゃんにはやりたいことに向かって進むための全てが揃っている。応援してくれる人もいる。それなのに、僕は。というか、僕という存在は亜樹ちゃんに必要なのだろうか。

「はい、起きて起きて」

亜樹ちゃんの顔が目の前にあった。手を貸される前に慌てて起きあがる。昨夜はお風呂に入っていないので近くにこられると恥ずかしい。

手渡された生姜湯をすする。味は熱さでよくわからなかったけれど、温かいものを胃に落とすと、少し頭がはっきりしてきた。

「祐介」

呼ばれて横を見ると、こたつの上にこんもりとした茶色いケーキがおいてあった。逆さにした鳥の巣のようで、粉砂糖が雪のようにかかっている。茶こしを持った亜樹ちゃんが笑った。

「ビテールっていうチョコレートケーキ。作ってみたの。祐介、こっくりしたチョコレートケーキが苦手みたいだから」

「いや、そういうわけじゃ……」

「私もチョコレートケーキは濃厚じゃなきゃ、と思い込んでいたんだよね。これは焼いたメレンゲとムースでできているの。食べられそうなら、食べてみる？」

味わかるかな、と思ったが一応頷いた。亜樹ちゃんが切り分けてくれたケーキの断面は三層仕立てになっていた。中も茶色で濃そうに見えた。フォークで切り取って口に入れる。風邪の時にケーキなんて食べて大丈夫なんだろうか。

さくっと口の中でメレンゲが崩れた。外側を覆っている小枝のようなものがチョコレートメレンゲなのはわかっていた。けれど、中の三層になったスポンジのようなものもメレンゲでできていた。その間にチョコレートムースが挟まっている。ほろ苦いメレンゲを噛み砕くと、冷たいムースがとろりと溶ける。まったく重さを感じさせない優しい味のチョコレートケーキ。

中と外のメレンゲの食感の違いも面白い。外はさくさくして口の中でふわっと消える。中のはシロップが浸み込ませてあるのか、レシピが違うのか、クシュと口の中で潰れてムースと絡まり合う。

濃厚で挑戦的な味が亜樹ちゃんの菓子だと思っていた。けれど、それだけじゃない。食べる人の反応を想像して計算して作っているのだ。

軽いはずのケーキがうまく呑み込めない。

「亜樹ちゃん、こんなの作れるんだね」

「え、どういうこと？」

亜樹ちゃんの声がかすかに尖る。

「僕さ、どっかで亜樹ちゃんは恵まれているなあって思っていたんだよね。だからしたいことを、したいようにできるのかなって。でも、違った。亜樹ちゃんはプロだ」

何を言っているんだろう、僕は。そう思うのに止まらなかった。亜樹ちゃんが僕を見つめている。どんな顔をしているか見なくてもわかる。

「ねえ、亜樹ちゃん、結婚やめようか。一旦、仕切り直さない？」

言ってしまうと、あまりにあっけなかった。乾いた音がしてメレンゲの小枝が一本皿に転がった。

亜樹ちゃんは驚かなかった。しばらく黙っていたが、「別れるの？」と言った。

「違うよ。そういうことじゃない」

「じゃあ何？　今まで我慢していたって言いたいの？　私が勝手ばっかりしているから嫌になったんでしょう」

亜樹ちゃんの声が高くなる。

「そうじゃないよ、僕の問題なんだよ。前に亜樹ちゃん言ったよね、今の仕事が中途半端なままじゃ結婚できないって。だから、僕は何も言わず待っていたじゃない。今度は僕の番なんだよ。今のままの気持ちじゃ結婚できない」

「ほら、やっぱり気持ちが変わったんじゃない」

「だから、そうじゃなくて」

びっくりした。こんなに感情的になるとは思わなかった。頑固だけれど、きちんと話ができる子だったはずだ。

「好きだよ、だからこそ、今はできないと思うんだよ。僕もちゃんとしたい。これからも亜樹ちゃんのこと、好きでいたいから。嫉妬したくないから」

「わからない」と亜樹ちゃんが頭を振る。僕と目を合わせようとしない。

「私はそういうの無理。結婚しないんだったら、祐介とは別れる」

一瞬、頭が真っ白になる。謝って、なかったことにしてしまいたい衝動がわきおこる。けれど、口からもれたのはあんがい静かな声だった。

「どうしてそうなるの？　亜樹ちゃんには待つとか話し合うとか、そういう選択肢はないの。結婚の約束をしていない頃もちゃんと付き合ってたじゃない」

なんで理由を訊いてくれないのかと思った。そうしてやっと本当に伝えたいことに気付いた。僕は訊いてもらいたかったんだ。どうしたの、と。何があったの、と。もうどろどろした黒いものを一人で抱えたくなかった。甘えたかったんだ、ずっと。どきどきするような刺激じゃなくて、甘く包み込むような安心を求めていた。

亜樹ちゃんもできない訳ではないのに疎かにしていた。僕はそれに気付いてしまった。何が正しいかなんてまだ僕にはわからない。けれど、気付いてしまったら選択しなくてはいけないし、自分の選択には責任を持たなくてはいけない。今、僕は亜樹ちゃんにきちんと向き合って欲しかった。

「進んだら後はないよ。一度結婚するって決めたのに、いまさら引き返すなんてできない。戻せない」

亜樹ちゃんがかたい声で言った。

「そういう考えなんだったら、なおさらできない」

亜樹ちゃんが僕を見た。はじめて見る顔だった。迷子の子供みたいな、泣きたいのを必死でこらえている顔。傷つけているんだ、と思った。僕は、今、大切な亜樹ちゃんを。それでも、引けない。結婚は白か黒かじゃない。こういう時に話し合えないのなら、この先だって駄目だ。

ふっと昨日、事務所に来た女性の顔がよぎる。今なら彼女の気持ちがわかる。これは一世一代の捨身の挑戦だ。

「今の亜樹ちゃんと結婚はできない」

僕はもう一度言った。ごくっとのみ込んだ唾《つば》はチョコレートの味がした。

胸がどっどっとしている。身体が熱い。でも、頭の芯はひんやりとしていた。

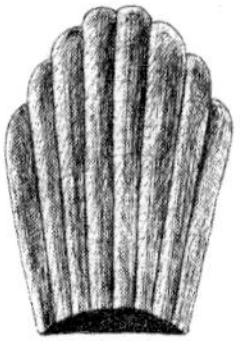

Crème

クレーム

人間は三種類に分かれる。

いつだったか、紅茶専門店の長岡さんが言った。

舞台にあがる人、裏方で舞台を作りあげる人、そして、観客。それぞれにプロがいる。

長岡さんは細い指先で、かたん、と砂時計をひっくり返した。茶葉を蒸らしながら、大学の時に演劇をやっていてね、と照れくさそうに笑った。笑いながら戸棚からヴィンテージのティーカップを取りだし、沸きたての湯を満たす。

お店を手伝いに行く度に見る仕草だった。同じ味をだすために、同じことを同じようにくりかえす。見慣れた景色のようになるまで。だから、その話を聞いたのもいつだったかはっきりと思いだせない。

毎日くりかえされる景色を作るのは裏方の仕事だと思った。小さい頃から、菓子職人のじいちゃんが作りあげる景色を眺め続けてきた。甘い匂いに包まれた景色。

私はじいちゃんにとって最高の観客だった。じいちゃんの手の中で生き物のように動く生地を眺め、ショーケースに並べられていく色とりどりのケーキに歓声をあげ、口のまわりをクリームや粉砂糖でべたべたにして、おいしいおいしいと夢中で食べた。

けれど、私の夢は観客ではなく、じいちゃんのように優秀な裏方になることだった。パティシエではなく菓子職人。じいちゃんはいつもそう言った。自らが舞台に立つことはせず、他人の人生のちょっとした瞬間を彩る小道具を作り続ける。

自分にはそれが相応しいと思っていた。

私の最初の観客は中学高校と一緒だった珠香だった。白い肌、ヘーゼルナッツの瞳に赤い唇。華奢で美しい彼女は、洋菓子そのもののような子だった。

彼女がいなくなってからも、私は珠香に似た女の子を想像して菓子を作った。きらきらと鱗粉をまき散らすような子。可愛いものがなにより好きな子。後輩の澄孝くんが連れていた頭から爪の先まで完璧にお洒落をした女の子は、反応がすごく素直ですばらしい観客だった。そういう女の子の目を輝かせる菓子を作るのが私の仕事で、自分はそういう女の子になる必要はないとずっと思ってきた。

でも、違う。必要ない、と思うことで、ならなくていいことにしてきた。

本当は、なれない、だけなのに。

そして、祐介もきっと――

「亜樹、なにやってんだ！」

じいちゃんの怒号が耳を走り抜けた。

「は、はい?」

慌ててふり返る。鼓膜がじんじんする。

「泡立て器! 止めろ!」

叫びながら、じいちゃんの手は私の腰を押しのけ、業務用ホイップミキサーのスイッチを切った。雑念を誘う単調な振動音が止まり、開店前のひんやりとした静けさが厨房を包む。バターの匂いが熱くただよっている。

顔を真っ赤にしたじいちゃんが私を睨みつける。銀色の深いボウルを指す。

「見てみろ」

じいちゃんは見なくてもどんな状態になっているかわかっているのだろう。ボウルを覗き込むと生クリームの塊が底でもけもけになっていた。すっかり艶を失い、やや黄ばんでも見える。攪拌《かくはん》しすぎたのだ。

液体状の生クリームが、泡立てることで硬くしっかりと自立するのは、生クリームの中の乳脂肪のせいだ。乳脂肪は自然な状態ではまわりを脂肪球膜という膜で保護して、水分を保ったままクリームに混じっている。

これを泡立て器で攪拌すると、脂肪球同士が激しく衝突して被膜が崩れる。攪拌をさらに続けると、脂肪球同士が次々と繋がって、気泡を取り囲んだ網目のような構造をつくりだす。これが、つんと角《つの》がたった状態の生クリームだ。

けれど、この安定状態にも限界がある。攪拌し続けると脂肪球の凝集が大きくなりすぎて、クリームはなめらかさを失い荒れた質感になっていく。最終的には乳脂肪分だけが他の成分から完全に分離してバター粒なるものができてしまう。

これができてしまうと、ざらざらとして口溶けが悪くなり食べられたものでなくなる。パレットナイフでスポンジの上にのばしただけでも脂肪球の反応は進むので、デコレーション用の生クリームをたてる時は、ほんの少しゆるい状態で泡立てを止めなくては、成形した時に一番艶やかで美しい輝きがでない。ちなみに、常に十度以下の低い温度で泡立てたものが、最もきめ細かくなめらかな状態に泡立つ。

菓子作りは科学だ。前に働いていた店のフランス人シェフ、ギヨームの口癖だった。まずはひとつひとつの素材の特性を科学的に熟知すること。それを徹底すればいつでも同じ味を提供できる。

砂糖入りの生クリームを泡立てたもの、クレーム・シャンティーなど初歩中の初歩だ。こんなものを失敗するなんて。血の気がすうっとひいていく。

「なにを考えていた」

ぎょろりとしたじいちゃんの目が私を覗き込む。

生クリームは乳脂肪分が高ければ高いほど泡立つまでの時間は早くなる。少量の時は手で泡立てるが、大量の時は機械で泡立てる。私の菓子で使う生クリームはじいちゃんの菓子に使うものより四パーセント乳脂肪分が高いものを選んでいる。その分、早く泡立つ。

じいちゃんは数字や化学には無頓着だ。それでも、どんな生クリームも最も美しい一瞬を見逃さず、なめらかな艶をだすことができる。素材を肌で知りつくしているからだ。おそらく今もクリームを攪拌する音の変化で気付いたのだろう。それか、時間か。じいちゃんは時計を見なくても、身体で時間を正確に把握している。

「お前、気がよそ行ってただろ。馬鹿野郎」

じいちゃんがボウルを機械から外して流しに突っ込む。

「あ」

「こんなものはもう使えねえ。人様の口に入れられるか！」

生クリームは一度バター状に分離してしまうと、もう元の状態には戻らない。

化学変化は進むと止められない。

私と祐介みたいだと、ふと思った。

「亜樹！」

「すみません、シェフ！」

慌てて頭を下げる。お湯を勢いよくだしてボウルを洗う。湯気の向こうで白い塊がみるみる溶けて流れていく。じいちゃんは黙ったまま自分の作業台に戻っていった。

いつもならもっと怒られる。特にこんな新人でもしないようなミスなんて、厨房を叩きだされてもおかしくない。

気にしているのだろうか。

少し前、結婚の約束をしていた恋人の祐介と別れた。大学をでてから、気付けばもう七年の付き合いだった。じいちゃんは「そうか」と言った。それきり、訊いてはこない。訊いて欲しい、と思った。私は祐介にひどく腹をたてていたから。けれど、訊いてもらえなかったので怒りはまだくすぶっている。

じいちゃんにも少しばかり怒りは飛び火している。なぜ婚約までしていた男と別れたというのに驚いてくれないのか。菓子職人の仕事があるから結婚などにこだわらなくてもいいと思っているのだろうか。

言いたいけど、言えない。婚約解消したいと言ってきたのは祐介だった。じいちゃんに訴えたら、なんて無責任な奴だと叱ってくれそうな気もするけれど、お前が菓子作りばかりに夢中で構ってやってなかったからだ、と一笑に付されそうな気もする。その心当たりは充分にある。結婚資金まで店の改装費につぎ込んでしまっているくらいだ。

婚約解消の理由はわけのわからないものだった。

女ができたのか、と思ったが口にはだせなかった。祐介は新米だが弁護士で、とても忙しい。会う時間も深夜が多く、最近はほとんどまともに一緒の時間を過ごしていなかった。いつもすっぴんで休日も合わせず家のこともしてくれない女だかわからないような女より、普通の女の子がいいのかもしれない。

それならそれで納得がいく。気持ちが冷めたのなら仕方がない。

なのに、祐介は婚約を解消したいだけで別れたくはない、と言った。

意味がわからなかった。宙ぶらりんで放置されるのは真っ平だったので、別れると言った。

だって、物事は進めたらもう戻れない。心だって化学反応と一緒だ。決して元の状態になんて戻らない。婚約を解消されたみじめな女が、どんな顔をしてその相手と一緒にいられるというのだろう。

祐介はもしかしたら私の上に立ちたかったのかもしれない。婚約解消という切り札をちらつかせれば私がいうことをきくと思ったのだろうか。そう思うと、また怒りが込みあげてきた。

「シェフ」

じいちゃんをふり返る。シュー皮にクリームを詰めていたじいちゃんが顔をあげる。

祐介の大好物のふわふわシュークリームだ。一瞬、嫌な気分になるが、気を取りなおして声をあげる。

「あの、粉を変えてみたら駄目ですか？」

「粉？」

「日本の小麦粉は粉が細かすぎるから、どうしてもグルテンができやすくなって平坦な味になりやすいみたいで。でも、柔らかくは仕上がるから、じいちゃんの……いえ、シェフの菓子には合ってます。ただ、私の菓子の個性をもっと強くだすなら、フランスの粒が残っていてざらざらした小麦粉を使ったほうがいいのかな、と思うんです」

じいちゃんは黙っている。

「新装開店までに試作しますから。せっかく新しいスタートなので自分の菓子を確立したいんです」

ちらりと工事用シートにおおわれた店を見る。これからは、イートインの小さなスペースもできて、昔ながらのじいちゃんの菓子と共に、私の考えた菓子やフランスの郷土菓子などが並ぶようになる。新しい店の設計はすべて私が任せてもらった。改装工事は基本的には休日を使って行われていて、明後日から最後の仕上げに入るので店を二週間閉める。こんなに長く休みを取るのは『西洋菓子プティ・フール』が開店してからはじめてのことらしい。

「ざらざらして粗いってことは中力粉に近いんだろ。今までのように薄力粉と強力粉を混ぜて使ったらいいんじゃないのか。新しい材料を仕入れるより、あるものの配合を変えて工夫しろ」

「でも……」

「でもじゃない、ブラジルプリンを忘れたか」

話しながらもじいちゃんの手は止まらない。優しい卵色のシュークリームがトレイにどんどん並んでいく。

「いえ」と、私もファー・ブルトンをオーブンから取りだす。

砂糖の焦げた甘い匂いがふわっと広がる。ファーとはフランス語で牛乳と小麦で作った粥を指す。ブルターニュ地方の、もちもちした食感の素朴な焼き菓子だ。ラム酒に漬け込んだプルーンをたっぷり入れている。

「あれは確かにうまかったし、面白かった。けど、続かなかった理由はわかるよな」

熱い天板を抱えながら「はい」と答える。粗熱を取るために木の板に移す。

「練乳だってココナッツミルクだってまだ余ってるだろ。もう寒くなっちまったし、なかなか使いにくい材料だ」

私が先月はじめたブラジルプリンは牛乳と砂糖ではなくココナッツミルクと練乳を使ったプリンで、私はそれに黒糖のカラメルを合わせた。最初は物珍しさと濃厚な味が人気だった。けれど、やはり原価が高くついてしまい、じいちゃんの作る卵と牛乳と砂糖だけのシンプルなプリンとの価格差が大きくでた。そのせいだけかはわからないが、売り上げはすぐに落ちた。

私の考案する菓子はこういうことが多い。印象的だが、続かないのだ。じいちゃんのような定番をなかなか作りだせない。祐介でさえ、くりかえし買ってくれるのはじいちゃんの菓子だった。

じいちゃんはいつもみなまでは言わない。厨房に沈黙が流れた。調理器具のたてる音だけが朝の空気の中に響く。互いの動作を気配で読みながら、ムースやスポンジ、パイ生地といったパーツを組み立て、切り分けて、セロファン紙を巻きつけ、同時に片付けもする。フルーツやチョコレートで飾られたケーキが着々とできあがっていく。

仕上げはほとんどじいちゃんがする。生クリームの入った絞り袋を手渡すと、じいちゃんが口をひらいた。

「明日のショートケーキ、ぜんぶお前がやれ」

ぎくりとして、思わず手が止まる。

「でも、シェフ、明日が最後……」

「大げさなこと言うな、縁起でもねえ。店が新しくなるったって、菓子の包み紙が変わるみたいなもんだ。中身は変わらん。いつもと同じだ」

ちらりともこちらを見てくれない。じいちゃんの手元でクリームがなめらかな曲線を描いていく。

「返事」

「はい」

「手、止まってる」

息を吸い、「はい」と答えると私は自分の作業に戻った。


「うまいっすねえ」

澄孝くんがとろんとした顔で言った。ココットからもうひと匙すくって、目を細めて口に含む。

「あったかいキャラメル・ポワールなんてはじめてです。そっか、ココットだったらできますもんね。洋梨のコンポートがとろけますねー。このキャラメルソースのお酒の利き具合が亜樹さんって感じでたまんないっす」

ミルクピッチャーに入った別添えのキャラメルソースをまたかける。カウンターの中から長岡さんが絶妙なタイミングで紅茶ポットを運んできて、赤褐色の液体をティーカップに注ぐ。紅茶専門店はアンティークのランプのぼんやりした光のせいで、店自体が紅茶色に染まっているように見える。

「前に澄孝くんにもらったから自分なりに作ってみたの」

そう言うと、澄孝くんは「あー」とよく聞き取れないことをつぶやきながら紅茶を飲んだ。いつもいろいろな菓子を持ってきてくれるから忘れたのかもしれない。じいちゃんにまで差し入れをしてくれる、今どき珍しく気が利く子なのだ。

　この店でケーキを提供するのも今月までだ。長岡さんが作りだすここの落ち着いた空気が好きだった。ケーキワゴンの上で、焼きメレンゲを組み立ててクレーム・シャンティーを盛る。澄孝くんはいつも最低二つはケーキを食べていってくれる。

「店の工事はどうですか？」

「明後日から最後の仕上げなの。だから、しばらくお休み」

「え、そうなんですか。じゃあ、どこか勉強に行きませんか？　最近、アシェット・デセール専門店が増えてきたんですよ」

　澄孝くんが顔をあげる。唇にキャラメルソースがついている。今日もツイードのベストなんかを着ているお洒落な澄孝くんがそんな間抜けな顔をしていると、可愛いというか狡いものを感じてしまう。もてるんだろうな、この子、といつも思う。

　ふっと、祐介を思いだした。祐介はいつも子どもみたいに口のまわりを汚して食べた。別れ話をしている時も口の端が私の作ったチョコレートケーキで汚れていて、いつもは可愛く見えるそれがその時はひどく疎ましく思えた。祐介に対してなのか、笑えない状況に対してなのかはわからなかった。

　澄孝くんから目を逸らして手元に集中する。細い銀色の口金の先から栗のペーストの入ったクリームを絞りだす。手早く、けれど、丁寧に、慎重に重ねていく。

「ごめんね。工事中は試作に集中するつもり。来月から戦いだからね。工事もぎりぎり間に合う感じなの。澄孝くんも外に目を向ける余裕はないんじゃない？」

「そうですねえ……十二月から春まで地獄ですもんね。クリスマスにバレンタイン、ホワイトデー、ああ、めまいがする。亜樹さんとこは雛祭りとかの需要もありそうですもんね。ニューオープンしたらイートインもはじまるんですよね」

「うん、バイトを雇えるかどうかわからないから最初は簡単なことしかできないけど、いろいろやってみるつもり。夏はかき氷とかね。そうそう、入口の横に木のカウンターも作るの。イースト菓子を並べようかなって思って。パン・オ・ショコラとかブリオッシュ・オ・ザマンドとかボストックとか……」

「ベニエはしないんすか？」

「あー、ベニエ、いいわね」

私も澄孝くんも好きだった、丸いドーナッツにフランボワーズジャムを詰めた菓子。ふっくら発酵した生地をころころと揚げる感触が蘇る。「揚げたてとか食べたいですねえ」と、澄孝くんは顔をほころばす。

やっぱり同業者は話が合うなあ、と思う。弁護士の祐介だったらこうはいかない。私も彼の仕事のことはまったくわからなかったし、かすかな、負い目があった。

長岡さんがすっと私たちの間に割って入り、空になったティーカップに紅茶を満たした。慌てて口をつぐむ。珍しく他にお客さんがいないとはいえ、喋りすぎてしまった。

栗のクリームの上に粉糖をたっぷりとかけて、皿に真っ赤なカシスソースを散らす。テーブルに置くと、澄孝くんが「おお」と声をあげた。

「絞りたてモンブラン、いいっすねえ。ワゴンサービスだと正統派レシピでできますよね。メレンゲ、さくさくです。この酸っぱいカシスソース、合いますね」

モンブランは白い山という意味で、最初は卵白のメレンゲとクレーム・シャンティーだけの菓子だったのだが、いつの間にか栗の菓子になった。こういうその場で提供できる菓子だったら粉糖をたっぷりとかけて本来の名の通りの真っ白な姿にすることができるし、メレンゲも生クリームの水分を吸ってしまう前の状態で食べてもらえる。ただ甘さが単調なので、カシスの酸味で飾ってみた。

「真っ白なスイーツって亜樹さんに似合いますよね」

「え」

店内に流れるクラシック曲にまぎれてしまいそうなくらい小さな声だった。

「色が白いし、ほら、きりっとしてるじゃないですか」

「ありがとう」

澄孝くんがこちらをじっと見ていた。ケーキワゴンを下げるタイミングを逃す。「あの」と澄孝くんは皿に目を落として、赤いソースをフォークの先でつうっとのばした。

「俺、来年フランス行ってきます。シェフが紹介してくれるって」

「ギヨームが？　厳しいとこ紹介すると思うわよ。覚悟しといたほうがいいかも」

笑うと、澄孝くんも「怖いっすねえ」と笑った。

「また、お爺さんには挨拶に行きますね。亜樹さんの好きなパン・デピス送ります。ほら、日本のはスパイスが弱いって言ってたじゃないですか」

「ありがとう。でも、気にしないで。せっかくの機会なんだから自分のことに集中して欲しい」

「亜樹さんは……」

果実の赤い線が皿にどんどん増えていく。

「ん？」

「俺がいなくなって少しは寂しいと思ってくれますか？」

「まさか」と、反射的に答えてしまい、澄孝くんと目が合う。薄い薄い飴菓子に爪をたててしまったような衝撃が彼の目に走った。

けれど、それはすぐに消え、「俺はちょっと寂しいっすけどねー」と笑顔に変わる。

あ、となったが、何も言えなかった。

またやってしまった、と思う。どうして私はいつもこういう突っぱねるような言い方しかできないのだろう。澄孝くんは私がギヨームの店を辞めた後も慕ってくれていた後輩だ。深夜の試作にもよくつき合ってくれた。寂しくないはずはないのに。

真っ白なメレンゲが皿の上で音もなく崩れた。

「あ、スパイスといえば、この前作ったシナモンのムース、ほら中に無花果《いちじく》の赤ワイン煮が入ってるやつ。姉貴に大好評でした。亜樹さんと試作するようになってから、ずいぶん姉貴の風当たりが弱くなって助かってたんですよ」

澄孝くんは朗らかに話題を変えた。「よかった」と微笑みを作る。

それから、澄孝くんはひとしきりフランス暮らしへの不安と期待について話すと、紅茶を半分ほど残して席をたった。

食器を下げると、長岡さんが「最近、祐介くん迎えにこないね」とレコードを替えながら言った。

「別れたんです」

「え！」

長岡さんはらしからぬ大声をあげた。「聞いてないな……」とつぶやく。長岡さんとじいちゃんは月に数回は一緒に飲んでいる。やはり、じいちゃんは誰にも話していないようだ。

「婚約していたよね」

「はい、でも、別れました」

「さっきの彼にそれ話した？」

「どうしてです？　関係ないですし、ここで話すようなことでもないですから」

食器洗剤をスポンジに含ませながら答えると、長岡さんは「うーん」と苦笑いしながら髭をしごいた。

「結婚できるって幸せなことだよ。法が愛を守ってくれて家族になれる。当たり前の選択肢だと思っているのかもしれないけど、誰もが選べるわけじゃない」

静かだが強い声音だった。驚いて長岡さんを見たが、目を合わせてくれなかった。洗いかけの食器に視線を戻す。

「まあ、亜樹ちゃんらしいといえばそうだけど……何があったかわからないけどさ、祐介くんとは長かっただろう。辛くはないの？」

「特に。結局、彼といてもいなくても私の人生は変わらないことがわかりましたし」

見なくても、長岡さんが困った顔をしているのがわかる。

「それに、ちょっとすっきりもしたんですよ」

皿やティーカップが白い泡で覆われていく。食洗機を使うよりも手で洗うほうが好きだ。

「すっきり？」

「前に長岡さん、舞台を例にあげて人は三種類に分かれるって話をしましたよね」

手を動かしながら返事を待たずに続ける。

「でも、私は弁護士の祐介がどこに該当するかいつもわからなかったんです。で、この間、気づいたんですよ。あの話ってそもそも舞台自体が娯楽じゃないですか。私たちの仕事って嗜好品を扱っていますよね。あると嬉しいけれど、なくてもいい人もいる。戦争とか災害とか切羽詰まった状況になれば真っ先に切られる。でも、祐介の仕事は社会になくてはならないもので、どんな時も必ず必要とする人はいる」

「いいことじゃない」

「それが負い目に感じる時があって。どこかで忙しい祐介に張り合おうとしていた気がするんです。祐介は祐介で、じいちゃんの店を継げる私のことを恵まれていると思っていたみたいで。だから、お互い自分の仕事を優先して、予定を無理に合わすこともしなかったんだなって」

お湯を勢いよくだして泡を流す。

嗜好品は要らないと言われたら無価値になる。人に無理に価値を認めさせることはできない。祐介の人生に不必要と判断されたなら、すがるなんてみっともない真似はしたくなかった。

「そういうのがなくなって、身軽になった気がします。元々違う世界の人間だったんですよ」

蛇口をきゅっと閉めて手を拭くと、長岡さんが「難儀な子だね、亜樹ちゃんは」とティーカップを拭きながら言った。

「それに、あの例えはね、別に仕事に限った話じゃないんだよ」

「どういう意味です」

尋ねたが、長岡さんはゆったりと笑っただけで答えてはくれなかった。

長岡さんの紅茶専門店をでると、まだ六時過ぎだというのに外はもう真っ暗だった。見慣れた商店街を自転車で走り抜けた。夕餉《ゆうげ》の支度の匂いがただよっている。街を行き交う人々の歩調はわずかに速く思えた。名は知らないが見覚えのある顔とちらほらすれ違う。ショーケースを覗き込み、私とじいちゃんが作った菓子をじっと選んでいた顔を覚えている。向こうは私に気付かない。

店に着くと、じいちゃんが常連のお客さんと立ち話をしていた。ばあちゃんが割烹着のまま、せっせと焼き菓子を包んでいる。もうほとんどケーキの残っていないショーケースは静かな白い光を放っていた。閉店前の、穏やかで少し気の緩んだ時間。ずっと見てきた景色だ。

足を止めると怒られそうだったので、お客さんに会釈だけして厨房へ入る。かじかんだ指をこすり合わせると、コックコートを着た。

明日のショートケーキ用のパータ・ジェノワーズことスポンジ生地を焼く準備をする。型に紙を敷き、オーブンをあたため、使う材料と器具をそろえる。菓子作りはまず段取りだ。あらかじめ室温に戻しておいた卵をボウルに割り入れる。

うちの店の定番のショートケーキはスポンジ生地と生クリームと苺だけのシンプルなものだ。スパイスも香料も洋酒も使わない。シンプルは恐ろしい。じいちゃんがしている小さなひと手間をひとつでも省いてしまうと同じ味にはならない。

卵液にグラニュー糖を徐々に加えながら、六十度から七十度の湯せんにかけ、生地の変化に集中しながら泡立て器を動かす。

じいちゃんはたまにこういう抜きうちテストをする。同じ味をいつでもできるかチェックするためだ。試作を食べてもらう時よりずっと緊張する。そして、この緊張を毎日維持しなくてはいけなかったことを思い知らされる。

じいちゃんは作業中にメモを取ることもレシピを見ることも許さない。自分の頭で考え、身体で覚えさせる。なぜその工程でなくてはいけないのか、なぜそのタイミングなのか、なぜその素材を使うのか。あらゆることに意識的であること。すべての作業には理由がある。それを理解しつつ、なにひとつ疎かにせず丁寧に作ること。

黄身色をしていた生地が白っぽくもったりとしてくる。

手取り足取り教えてもらったことはない。すべてじいちゃんの手元を見て覚えた。いつか、と思いながら。

いつか、あんなケーキが作れたら。いつか、じいちゃんと働けたら。いつか、じいちゃんと肩を並べられたら。けれど、最近よぎるいつかは胸を苦しくさせる。

いつか、じいちゃんに何かあったら。

じいちゃんが店の改装をやらせてくれたのは、私が好き勝手やってもいいということではない。私が継いでいけ、ということなのだ。私は自分の菓子を作りながら、いつかいなくなるじいちゃんの味を守り続けなきゃいけない。

一人になるのは怖い。寂しいなんて思ったことがない。いつだって厨房にはじいちゃんがいたから。こんな時に、恵まれている、だなんて。祐介はひどい。

生地を垂らして様子を見る。艶もかたさも、いい。篩《ふるい》を高く掲げて粉を二回にわけて入れる。

その時、鈍い振動が尻に伝わった。びくっとして、粉が少しボウルからこぼれる。

ズボンのポケットの中で携帯が震えていた。苛立ちが込みあげる。見なくてもわかる。祐介だ。毎日、店の閉店時間にかかってくる。あの日から、一度もでていない。

息を深く吸い、頭から祐介のことをふり払い、ゴムべらをボウルの底に深く差し込んでぐるりと混ぜる。あらかじめ溶かして、温度を合わせておいたバターに生地をひとすくい加えてなじませてからボウルに入れる。こうするとバターが底に沈まない。油脂には気泡を壊す性質がある。バターを入れると泡がどんどん消えていくので、ここからは手早く作業をしなくてはいけない。

　オーブンを閉めると、ふうっと息がもれた。携帯の振動はいつの間にか止まっていた。気付くと、じいちゃんが後ろに立っていた。

「ねえ、じいちゃん」

「なんだ」

「ばあちゃんが死んでも店やめない？」

「当たり前だ」

　じいちゃんがコック帽を脱ぐ。きれいに剃りあげられた頭を掻く。

「私が死んでも？」

「当たり前だ」

「じゃあ、私もじいちゃんが死んでも店あけるよ」

　じいちゃんは私に背を向けると、「なに当たり前のこと言ってんだ」と居間のほうへ行ってしまった。

　生地が焼けていくかすかに生っぽい匂いを嗅ぎながら、それでいい、と思った。やってくる人、去っていく人、店をやるということは毎日変わらずそういう人々を見つめること。

それが、職人だ。寂しくなんて、ない。じいちゃんはずっと一人でそうしてきたし、私もそうしていくだけのことだ。

改装前の最後の日はいつもと同じように過ぎた。

商店街の古株たちが、閉店前にやってきて残った菓子を買っていってくれたので、棚もショーケースもすっかりきれいになった。

赤い苺がのったショートケーキひとつを除いて。

私がよけておいたそれをじいちゃんは難しい顔をして食べた。テストはいつも閉店後にする。この時間になっても、生クリームがだれていないか、スポンジ生地がぱさぱさになっていないか、苺が傷んでいないか、などをじいちゃんは黙ってチェックする。

「うん、できている」

片付けをしている私の耳に低い声が届いて、肩の力が抜けた。

「亜樹」

「はい」

「基本は完璧だ。まあ、あんま焦るな。あとは時間だけだ」

「時間？」

「時間がたてばお前の味もでてくるから、いま無理に個性をだそうとしなくていいんだよ。祐介になに言われたか知らねえけど」

たわしを持っていた手が止まる。

「別れたとか言っても、どうせお前が一方的に怒ってんだろ」

違う、と言いかけて、確かに怒っているのは私のほうだけだと気付く。祐介は言葉こそはっきりしていたが、表情も声も怒っているそれではなかった。

「だって、なんか恵まれてるって言われたのよ」

「恵まれているのは幸せなことじゃねえか。ありがとうって言っとけ」

「祐介に言われたくない」

「なんだ、お前、努力してるなって褒めてもらいたかったのか」

頬がかあっと熱くなった。

「お子さまだな。だいたい、お前の菓子は厳しいんだよ」

「厳しい」

突然の言葉に立ち尽くす。たわしがてのひらをちくちくと刺激している。

「これもできます、あれもできますって主張ばかりで寄りそっていない。お前自身も一緒だよ。怒るってのは突っぱねてるだけだ。甘くない菓子ってないだろ？　甘さっていうのはな、人を溶かすんだよ。ほっと肩の力を抜けさせる。でも、ただ甘いだけなら馬鹿でもできる。相手の感じ方を想像して、旨みを感じさせる甘さをださなきゃいけない。お前、祐介にとってそういう女だったと言えるか？」

「私は……」

「私は、じゃない。お前に欠けているのは甘さだ」

頭が真っ白になって、それからじわりと痛みがにじんだ。

「じいちゃん、なんも知らないくせになんでそんなこと言うの。祐介が勝手なこと言いだしたのよ。結婚するって言ったのにいきなり婚約解消したい、でも別れたくないってわけわからないわよ。そんな人とやっていけるわけないじゃない」

自分でもわかるくらい子どもじみた声だった。じいちゃんは鬱陶しそうに目を細めた。

「他人なんだから、自分の思い通りにいくわけないだろ。いつだって同じ方向を見ていると思うな。一度、好きって言われたら気持ちは永遠だなんて思うな。お前、馬鹿な男みたいだぞ」

やれやれ、というように鼻で笑われる。

「それに、傷つけられたから怒るなんてガキのすることだ」

「なんで、私ばっかり責めるの!?　甘ったれてるのは祐介じゃない！」

思わず叫んでいた。厨房に自分の声が響いてぎょっとする。

「わかってんじゃねえか」

じいちゃんがふっと息を吐いた。

「え……」

「甘えたかったんだよ」

目が合った。「なあ」と、じいちゃんががりがりと頭を掻いた。

「そういう喧嘩は祐介としろ。厨房じゃないんだ、男と女に上下関係はないんだよ。ちゃんと同じ目線で話を聞いてやれよ。逃げてんのはお前だよ」

「でも、もう……」と言いかけた私に背中を向ける。

「おい、亜樹、厨房とグリストラップの掃除は明日でいいか。ちょっとまだ作業する」

そう言って、じいちゃんは掃除用具入れの中から踏み台を引きずりだした。「ういしょ」と足をかけ、一番上の戸棚から朱色の重箱を取りだす。鈍い銀色の厨房に赤がぽつりと落ちる。漆塗りの濡れたような光沢にぎくりとする。

じいちゃんの秘密。

「俺もさ、一度だけ、ばあさんに許してもらった。一度じゃないな、毎年許してもらっている」

言葉がでてこなくなった。

「道具は全部お前の使いやすいように変えていけばいい。けど、この菓子重だけは、頼むぞ」

中身ごとな、という声が聞こえたような気がした。

その晩、じいちゃんは十二時をまわっても厨房からでてこなかった。

ぎしぎし鳴る階段を降りて下に行く度、じいちゃんの茶碗と箸の上にかけられた布巾が暗い居間で白く浮かんで見えた。


いつも夏だった。

その場所に行くのは。

バスを乗り継ぎ、じいちゃんと二人、手をひかれて歩いた。木々に囲まれたその場所は石ばかりで、朽ちた花の臭いが時おりむっとした。空気はゆらめくように熱く、蟬の声でいっぱいだった。

じいちゃんは朱色の重箱を墓石の前に置くと、長い時間、手を合わせた。私は早く終わらせてじいちゃんの菓子にありつけるのを待っていた。

いつもは冗談と悪態ばかりのじいちゃんが、その日だけは無口だった。私は何も訊けず、じいちゃんの作った宝石のような菓子たちを見つめて、ひとつひとつ口に運んだ。

どん、どん、どん、という音とも振動ともつかぬ気配で目を覚ました。家の中はしんとしている。いつも暗いうちに起きるので、ふんだんな日光に包まれた部屋が違う場所に思えて、一瞬ここがどこかわからなくなる。

外から男の声がして、飛び起きる。狭い階段を走り降りて、居間から厨房へ行き、店を抜けてガラス戸の錠を開ける。顔見知りの大工さんたちが「亜樹ちゃん、めずらしく寝坊だな」と大声で笑いながら入ってくる。

「よろしくお願いします」と頭を下げて、いやにひんやりした厨房内を見まわす。何も動かしていないと、こんなにも静かで冷たい場所なのか。

「じいさんたち、でかけてんのか」

「え」

「車、駐車場になかったぞ」

じいちゃんと小学校の同級生だったという胡麻塩頭の大工さんが言った。もう私に目もくれず、青いシートを店内に敷きはじめている。

居間を覗く。こたつ机の上は空っぽだ。台所に行ったが、いつもばあちゃんが作ってくれる朝ごはんも大工さんたちの茶菓子も用意されていない。めずらしいな、と思ったが、置手紙もないということはすぐに帰ってくるのだろう。

そう思いながらも、胸騒ぎがしてとんとんと階段を上がる。部屋の前で足が止まった。廊下に朱色の重箱が置かれていた。さっきは気がつかなかった。どうして、ここに。

持ちあげる。ずっしりと重い。

ぞわり、と嫌なものがよぎった。中に入っているものは知っている。なのに、開けるのがためらわれた。廊下の奥の部屋に「じいちゃん！」と呼びかける。返事はない。襖を開ける。部屋の中はすっきりとして、布団もしまわれている。急いで着替えて、重箱を持って居間に戻るとこたつの上に置いた。

見ないようにして、大工さんの茶菓子を用意して、厨房の点検をする。

どろどろに脂がたまる排水溝も、焦げだらけだった鉄板もぴかぴかにしてあった。一体何時まで掃除をしていたのだろう。

家事は一切しないじいちゃんだが、厨房では潔癖症かと思うくらいきれい好きだった。作業台には余計なものは何ひとつおかず、定休日の前の晩は徹底的に掃除をした。菓子が甘い香りなのは新鮮だからで、基本的には脂と粉と砂糖でできている代物だ。酸化した脂や腐った乳製品、傷んだ果物はひどい臭いを放つ。繊細なものはあっという間に崩れる。

床に這いつくばり、排水溝の脂止めのグリストラップをさらうと、髪にも身体にもすえた臭いがべったりついてしまう。休み前の晩くらい祐介のところに泊まりに行きたかったが、そのままでは恥ずかしかった。とはいえ、お風呂に入るともう明け方近くになって、行く気力もなくなってしまう。

そして、そういうことを私はうまく説明できないタイプだったし、祐介も泊まりに来ないからといって文句をいう人ではなかった。問題が起きないからうまくいっていたわけではない。きっと、ずっと前からどこかがかけ違っていたのだろう。

厨房の隅っこで新しいメニュー案を考えたり、簡単な試作をしたりした。

時間に追われず作業をしていると、どうしても気が散った。なにより、居間の方を見る度に重箱の朱が目に入った。持ちあげた時に感じた嫌な重みが、もやもやと胸にからみついたまま作業を続けた。

そのまま、お昼が過ぎ、暗くなってきた。大工さんたちがひきあげても、じいちゃんもばあちゃんも帰ってこなかった。

心臓がばくんばくんとして、喉がつまったようになってきた。私たち三人が住むのがやっとの古くて小さな家なのに、妙に暗く広く感じた。戸棚の隙間とか、食器棚の陰とか、色褪せたじいちゃんの座布団とか、細かいところが気になって落ち着かない。

台所の小窓をあける。木枠が乾いた音をたてた。夜の気配の混じりだした冷たい冬の空気を嗅いでいると、ふと、あるケーキが浮かんだ。じいちゃんにしてはめずらしいどっしり濃厚なフルーツケーキ。いつもこれくらいの時期に仕込んでは、少し寝かせてクリスマス前あたりに店頭にだす。

小窓を閉めて、台所の床についた取っ手を引く。時間がつくる味、とじいちゃんは呼んでいた。ドライフルーツのブランデー漬けだけは厨房の貯蔵庫ではなく、家の台所の床下にばあちゃんが毎年作る梅干しと一緒にしまわれていた。

かすかに黴っぽい湿った空気の中、目を凝らす。壺や瓶が並ぶ暗がりの中にもっと暗い空洞ができていた。

じいちゃんの一番大きなガラスの保存瓶がない。

あの中には黒々とよく漬かった年代ものののドライフルーツたちが眠っていたはずだ。どうして。なんで、ないの。

じいちゃん。

頭の中がその言葉だけでいっぱいになってなにも考えられない。ばあちゃんも一緒なのだろうか。部屋に戻って携帯を摑む。けれど、じいちゃんもばあちゃんも携帯を持っていない。だから、あれだけ持ってと言ったのに。

「どこで何してるかなんて、この商店街にいる限り筒抜けだからいいだろ」と、じいちゃんは頑として契約しようとしてくれなかった。

誰か、誰か、と震える指で電話帳を探す。うちの父とは折り合いが悪いから行っているはずがない。じいちゃんの友人なんて知らない。誰か、助けて、誰か。

その時、手の中で携帯が震えた。

画面を見た瞬間、「あ」と声がもれた。耳におしあてる。

「祐介！　じいちゃんが！」

そう叫ぶと、涙がこぼれた。

三十分ほどで祐介は息をきらしてやってきてくれた。すごく長く感じた。私は家にいられなくて厨房で待っていた。じいちゃんと私の場所。

眼鏡がずれて斜めになった祐介の顔を見ると、気が緩んでまた涙がでた。私の泣き顔を見て、あまりにも呆気に取られた顔をしたので、つい笑ってしまう。

「お爺さんがいなくなったって。亜樹ちゃん、とりあえず状況を説明して」

どうしてずっと電話にでなかったのか、と責めることもせず、祐介は混乱した私の話をひとつひとつ聞いてくれた。朱色の重箱の思い出など、話は時々飛んだが、祐介は確認しつつうまく整理してくれた。人の話を聞く仕事なのだなあ、とぼんやりしてきた頭で思うと、身体がぐらっと揺れた。

祐介が私の肩を支える。鉄くさい冬の外気の匂いの底に祐介の体臭が感じられた。古い本と布団のにおい。

「横になる？　でも、身体が冷えちゃっているからお風呂に入ったら？　お湯、溜めようか？　その間に僕はちょっと長岡さんとことか行って訊いてくるよ。お爺さんがよく行っていた店とか教えてくれる？　お婆さんもいないんだよね？　誘拐とかではなさそうだし、今はまだ警察に連絡はしないほうがいいと思うよ」

「祐介は落ち着いているね」

口にしてから、皮肉に聞こえただろうかと焦った。けれど、祐介は「そうだねえ」とのんびりした声で言った。

「僕はやっぱり他人だから」

「他人？」

祐介が慌てたように私の背中をぽんぽんと叩く。

「いやいや、亜樹ちゃんみたいに、お爺さんたちと長い時間を過ごしているわけじゃないし、深いところまで知っているわけじゃないから」

「でも、私も知らなかったんだと思う。今だって行き先の見当すらつかないし、どうして黙っていなくなったのかもわからない」

「うーん、だからこそ、ショックを受けるわけでしょ。近かったのに知らないから。僕はそこまで近くないから、そこまでのショックは受けない。だから、こうやって理性的に話せるんだよ」

言われて、大の大人が一日帰ってこないだけで、泣きべそをかいた自分が恥ずかしくなった。「こんなことで取り乱したりして、ごめん。感情的だったね」と身をひくと、祐介は「待って」と私の腕を摑んだ。ちょっと心臓が跳ねる。

「そうじゃなくて。感情的なのが悪いって言いたいわけではないんだ。違う人間だから、同じ事柄にも違う反応ができるよってこと。他人って冷たい感じに聞こえると思うけど、だからこそ一緒に対処できることもあると思うんだ」

そろそろと手を離して、祐介は自分の眼鏡の縁に触れた。

「僕はさ、夫婦は他人で作るものだと思う。二人で倒れないように。違う人間でいいのだと思う。こないだはごめんね。僕は亜樹ちゃんが思っている僕と違う。でも、違うってことを知ってもらいたかった気がする。ひどいやり方になってしまったけど」

目が合った。祐介の言葉も優しい声音も身体にすんなり浸み込んできたけれど、今はいろいろなことがありすぎてうまく言葉を返すことができなかった。

ふと、この間は祐介が風邪をひいていたことを思いだす。弱っていたのだろう。こちらこそ、ごめんなさい。そう言えばいいのだろうけど、どうもしっくりこない。ああ、どうして私はこんなに気持ちを伝えるのが下手くそなのだろう。

私がもたもたしているうちに「ごめん」と祐介がまた謝った。

「いま言うことじゃなかったね。じゃあ、ちょっと行ってくるから、亜樹ちゃんはあったかくしていて」

くるりと踵《きびす》を返す。と、磨きたての厨房の床で祐介がすべった。「あ」と背中のリュックに手を伸ばす。ざらざらした布地を摑むと、確かな感触に息がもれた。

自分から伸ばしたせいか、手を離しがたくなった。祐介がふり返る気配がした。

目が合う前にいそいでつぶやいた。

「そばにいて」

居間のこたつをずらして布団を敷いた。一組だけで部屋はいっぱいになってしまった。これだけの空間なのに、さっきは広く感じたことが不思議だった。

祐介は仕事がまだ終わっていないようで、ノートパソコンをひらいて仕事をしていたが、なかなか寝付けない私を心配しては布団の上から背中を撫でてくれたりした。キーボードの規則正しい音が心地よかった。少しだけうとうとして夜半過ぎに目をあけると、祐介は暗い部屋でまだパソコンに向かっていた。青白い光が顔をぼんやりと照らしている。

そばには五つほど大きな封筒が置かれていた。宛先は祐介の字で書かれている。こんなことは事務員がやるものとばかり思っていた。

「まだ眠らないの？」

声をかけると、「情報開示請求の送付書をね……」と言いかけて「ちょっとお腹へってきちゃって」と笑った。私を気にしてコンビニにも行かなかったのだろう。

起きあがって、朱色の重箱に手をかけ、「食べる？」と蓋を取る。「え、でも、いいのそれ？」と言いつつも、覗き込んだ祐介はおおっと歓声をあげた。

小さな菓子たちがぎっしり詰まっている。色とりどりのフォンダンをかけたパータ・

シューやフール・ア・ラ・ケッスというアーモンドとバタークリームのケーキ。ひとくちで食べられる、様々な果物をのせたタルトレットとバルケット。マジパン細工のミニチュアの果物に飴がけしたフリュイ・デギゼ。カラフルなマカロンにヌガーやキャラメルやギモーヴ、果汁を使ったパート・ド・フリュイ。そして、プティ・フール・セックと呼ばれる焼き菓子が何種類もきれいに並んでいる。

「すごいね、これ。洋菓子のお節みたい」

「これがね、プティ・フール」

「え、お店の名前の？　でも一度もこんなお菓子、店で見たことないけど」

私はゆっくりと頷いた。プティ・フールはどれもひとくちで食べられるとても小さなお菓子だ。だから、一回で印象に残る味に仕立てあげなくてはいけない。例えば、エクレアだったら上部のみにフォンダンをかけるが、プティ・フールに入っているミニ版エクレアのカロリーヌは全体にフォンダンをかける。小さく見えても味は強くて濃い。そして、それぞれの個性を際だたせなくてはいけないので、無数のクリームやパーツを作らなければならず、とても手がかかる。

祐介がおずおずとレザンをつまんだ。ラム・レーズンの入ったバタークリームの塊のような菓子だ。

「うわ、あまいー」

そう、プティ・フールは他のどんな菓子より甘い。

完全に正統派のフランス菓子の味。日本人の口には刺激的なものばかりだ。ひとつひとつの名をじいちゃんはおそらく知らない。一体、誰に習ったのか。どうして作れるのか。きっとじいちゃんが明かすことはないのだろう。

けれど、私はこの味を一年に一度、食べて育った。

次の日、祐介はトランクをひきずってやってきた。うちから出勤して、仕事が終わると帰ってきてくれた。こたつで向き合って夕食を取り、食後はお茶を淹れて重箱の菓子をつまんだ。

そして、同じ布団で眠った。

じいちゃんたちの行き先はわからなかった。

一度、長岡さんがやってきた。

こたつの上の重箱に目を細めたのを、私は見逃さなかった。

「じいちゃんの昔のことを長岡さんは知っているんですか」

長岡さんはゆったりと笑った。

「私がパリにいる時に遊びに来たことはありますね。ずいぶん昔です」

「え、じいちゃんが」

「知らなかったのなら、忘れてください」

静かな威圧感のこもった声だった。すうっと背筋が伸びた。

「私たちにはちょっとした共通点があってね。それは人には言えない秘密を持っていること、なんです。彼は持っていたこと、かな」

急須を持つ手が緊張で震えた。知りたかったはずなのに、知るのが怖かった。

「私は一時期そのことにひどく罪悪感を抱いていて、たまたま知ってしまった彼が許してくれたんですよ。許したというか、認めてくれた。いろんな想いがあるよな、と。まったくわかり合えない世界の人だと思っていたから嬉しかったよ」

「秘密……」

「はい。でも、彼は後悔はしてないんじゃないかな」

「じいちゃんはなにをしたの」

「逃げたんです。許嫁のある女性と。これ以上は言えません」

声がでなかった。蟬の声が蘇る。あの古い墓地を思いだす。手を合わせるじいちゃんの横顔。

「誰にでもありますよね、秘密は」

そう微笑んで、長岡さんは私の淹れた濃すぎる緑茶をきれいに飲みほして帰っていった。

その晩も私は祐介と重箱を開けた。けれど、彼には話さなかった。

小さな菓子たちは変わらず甘美だった。この秘密の味を継いでいこうと思った。

五日目、天気の良い土曜日のことだった。休みの日だというのに祐介はこたつで仕事をしていて、私は厨房で試作をしたり、新しい包装紙のチェックをしたりしていた。草花模様のブルーの紙をひろげると、祐介が顔をあげて「きれいだね」と目を細めた。

「ありがとう」と笑い返し、夕飯は何にしようか、と話していると、突然じいちゃんの大声がした。

「おい、祐介！　こら、お前なに勝手にくつろいでんだ」

「じいちゃん！」

私の声にぎょっと目を見ひらく。じいちゃんはウール地のハットなんか被ってちょっとお洒落をしていた。

「どうした、亜樹、変な声だすな。びっくりするじゃねえか」

「びっくりするのはこっちでしょ、なんにも言わずにどこ行っていたの？　ブランデー漬けの瓶、どこやったの？　私てっきり、じいちゃんはもう帰ってこないのかと……」

じいちゃんは最後まで聞いてくれなかった。「なに馬鹿いってんだ」と、ぷいと背中を向けてしまう。祐介が「お爺さん、あのですね」と言っても、立ち止まりもせずに階段をあがっていく。途中でくるりとふり返り、「おい、ばあさん、言ってなかったのか。

旅行のこと」と叫んだ。

　ふふ、とやわらかな笑い声がした。いつの間にか居間にあがっていた着物姿のばあちゃんが、じいちゃんが放り投げた紙袋や鞄を片付けていた。ばあちゃんはいつも足音と気配がない。

「ばあちゃん」

「黙ってたんですよ」

「どうして」

　ばあちゃんは祐介に黒い温泉卵を勧めながら、ちょっと首を傾げた。

「だって、亜樹ちゃんは自分から誰かを求めたことないでしょう。ほんとうの一人を少しだけ知ってみた方がいいと思ったのよ」

　懐かしそうに微笑む。

「一人でもいいなんて、覚悟じゃないわ。酔っているだけ。ほんと、血は争えないわね。そっくりだこと」

「え……じゃあ、ブランデー漬けは？」

「あれは今年は使わないのですって。亜樹ちゃんが間違えて使ってしまわないように場所を変えたのよ。ずいぶん前に」

「何に使うの？」

「大切な人の人生一度の舞台ですって」

「それ、なに？」

ばあちゃんはにこにこと笑ったまま答えない。祐介を見ても、ちょっと気まずそうに苦笑いしている。

「鈍いところまで似ちゃったわね。さあ、祐介さん、お茶にしましょう」と、二人で台所に消えていく。

追おうとすると、外から左官屋さんの呼ぶ声がした。今日は外壁を塗る日だ。窓枠とドアはチョコレート色、壁は真っ白。べったりと平坦に塗るのではなく、少しざらつきを残してもらっている。そうすると、店全体が生クリームのケーキのように見える。

「どうですか」と訊かれ、全体を眺める。二階の窓から顔をだしたじいちゃんと目が合う。

純白のケーキの上に乗っているみたいだった。まだ乾いていない壁はつやつやと輝いて本物のクリームのようだ。

クリームか、と思う。

ひとつじゃ駄目だ。ふたつ以上の脂肪球がぶつかって、膜が剝がれて、溶けて、繋がって、そうしてやっと液体はかたちになる。

口に両手をそえると、大きな声で祐介を呼んだ。

『西洋菓子店プティ・フール』刊行記念対談

小説とスイーツは、心の栄養になればいい！

岩柳麻子（パティシエール）×千早茜

下町の老舗洋菓子店を舞台に小説を書いた千早さんと
独創的なケーキを作り続ける気鋭のパティシエール岩柳さん。
小説とスイーツ――心身を豊かにする嗜好品を生み出す二人の職人は、
出会った瞬間に意気投合。その〝効能と毒〟について語り合った。

司会・構成◎大滝美恵子（フードライター）

――千早さんの『西洋菓子店プティ・フール』のテーマは、スイーツということで、東京・等々力にある「パティスリィ　アサコ　イワヤナギ」にお邪魔して、オーナーパティシエールの岩柳麻子さんと、小説の魅力について語り合っていただく企画が実現しました。もちろん美味しいケーキをいただきながら！　どれにしましょうか。

千早　（ショーケースを真剣に覗き込みながら）どれにしようかな……。実は以前にも、お店に寄らせていただいていて、気に入っているケーキがあるんです。白カビブリーチーズのチーズケーキはお酒にも合いそうだし、等々力ロールという名前のロールケーキも生地がもちっとして美味しいんですよ。

――長年、勤めていたお店から独立して、昨年末（対談時。二〇一五年）にオープンさせたばかりの店なのに、すでにチェックしているなんて、さすがですね。

千早　昔から甘いものが大好きなんです。とはいえ小さい頃に住んでいたアフリカのザンビアにはいわゆるスイーツなんてほとんどなかったんですけどね（笑）。今日は幾つ選んでいいですか？

――幾つでも結構ですよ、でも食べるだけじゃなく、お話もしていただかなきゃ困りますからね（笑）。

岩柳　千早さん、いらっしゃいませ。ようこそ。

千早　よろしくお願いします。今日のおすすめのケーキはどれでしょう？

岩柳　レアチーズのムースの「クレア」は私のスペシャリテで、ぜひ召し上がっていただきたいです。

千早　岩柳さんが、他のお店に行った時に必ず食べるケーキって何ですか？

岩柳　そうですねぇ、シュークリームとか。シューを食べて「もうここには来ないかな」って判断したりします。

千早　怖いことをサラッとおっしゃる（笑）。今日、シューはありますか？

岩柳　ごめんなさい、今日は売り切れました。だいたい午前中でシュークリームは終わっちゃうんです。生地がサクサクのうちに食べていただきたいので、作り置きはあまりしないんです。

千早　やっぱりそうですよね。以前、ドラマで閉店間際にやってきた知人に、パティシエさんが「ちょっと待ってて」と売れ残ったシューを使って、飴細工で飾られたクロカンブッシュ（小ぶりのシュークリームを円錐状に積み上げたお祝い菓子）を作るシーンがあったんです。手間のかかるケーキなので、作るには一時間以上はかかるでしょうし、人気パティスリーでシュークリームが夕方まで売れ残るなんてありえない！　自分の作品では、地味になったとしてもそういった引っかかるところを作らず、なるべく事実に近付けて書こうと思っていました（笑）。

岩柳　スイーツに対しての千早さんの深い愛を感じます。

小さなパティスリーが舞台

――今作の主人公は、フランスへの留学経験もあるパティシエール・亜樹です。独立して自分の菓子作りをしたい、また恋人で弁護士の祐介にプロポーズされたこともあって、有名パティスリーを辞め、祖父が営む洋菓子店を手伝うことに。下町にある老舗洋菓子店「プティ・フール」を舞台にした物語で、どんなことを描きたかったのでしょうか。

千早　きっかけは『オール讀物』編集部から、官能特集号の短篇を依頼されたことでした。普通の官能小説では面白くないので、初恋の味をテーマに書こうと思いました。私は色や匂いで人物の心情を描いた作品が多いんですが、今回はそれを「味」でやってみようと。叶わなかった複雑な初恋の、ちょっと痛いぐらい酸っぱい味というのはどんなだろう、やっぱりレモン味かなぁ、なんて想像したりして……。第一話を書き上げた後に、編集部から連作に！　と言われて、広げていきました。

当初は老舗の洋菓子店を軸にした、恋愛中心の王道エンタメを目指したのですが、どうしても苦味や酸味がでてきてしまいましたね（笑）。

――全六篇は、それぞれにグロゼイユ（赤スグリ）、ヴァニーユ（バニラ）、ショコラといった菓子素材や味の名前が付けられていますが、最初に味を決めて、そこから話を膨らませていったのでしょうか？

千早　味よりもまず、片思いをテーマにして書こうと決めたんです。同じ片思いでも、酸っぱいだけじゃなくて、甘かったり、苦かったりすることもあるだろうし、人間の感情ってそんなに簡単でもないので、いろんな人の片思いの味を書こうと。でも、洋菓子店という一つの場所を舞台にした群像劇は、人の動かし方も限定されてしまい、出来過ぎ感が強くなってしまう可能性がありました。そして、すべての章の終わりを料理やケーキで解決してしまうと、『大岡越前』や『水戸黄門』のように一本調子になってしまう。だとしたら、登場する人物を徹底的にリアルに描くことで厚みを出そうと考えて、弁護士やパティシエ、ネイリストといった職業の方に取材をしました。あと、影となる紅茶店を加えて人物たちの動線を増やし、「秘密」の隠し味もそえてみました。

岩柳　執筆のスタートまでに、そんな思考をされるんですね。秘密の香りにはドキドキしましたし、取材をされることにも驚きました。

千早　取材をしても、自分の欲しい情報ってなかなか聞きだせないんですよ。たとえば、ネイリストだったら、何回もお店に通って適当におしゃべりをして、の繰り返し。ネイリストの仕事や考え方を知るために二つの店に三カ月以上、通い続けました。これがその時の取材ノートなんですけど……。

岩柳　（小さな文字や爪のイラストで埋め尽くされた取材ノートをみながら）すごいですね！　手のネイルをしてもらいながらメモしたんですか？

千早　手だけじゃなく、足もお願いしたので、足をやってもらっている間にバーッと必死に書いて。でも、物語に使うのは、ごくごく一部なんです。

岩柳　この取材で、ネイリストの小説も書けるんじゃないですか。

千早　今回、使ったので、もう書かないと思いますね。

岩柳　私の仕事もそうですが、完成品の裏側には、見えない〝努力〟があるんですね。

プロもうなる正確な描写

――リアリティーの高みを目指したということですが、岩柳さんはパティシエールとして、千早さんのパティスリーの描写など読んでみていかがでした？

千早　感想を伺うのが怖いです（苦笑）。

岩柳　この小説はストーリーも楽しかったし、仕事の面でも勉強になりました。

千早　甘やかさず、もっと厳しく言ってください。

岩柳　ほんとです。亜樹ちゃんは調理専門学校には行かなかったものの、じいちゃんのもとで洋菓子作りを学び、フランスに留学してパティスリーの王道を学んできた人、また、じいちゃんみたいに製菓学校もないような時代から叩き上げでやってきた人、その二人のキャラクターが本当によく表現されていて。私自身も有名な製菓学校で技術を学んだわけではないので、二人の気持ちが両方とも分かって、感情移入できたんです。

「そうそう」「それそれ」って、うなずきっぱなしでした。

千早 ありがとうございます。

――具体的な作業の描写やケーキの構成など、プロの目から見てどうでしたか？

岩柳 なにからなにまで的確でしたよ。パータ・ボンブ（卵黄と砂糖水で作る、ふんわりと泡立てたクリーム）に使うシロップの温度が百十五度とか百八度と書いてあったりして、千早さんは絶対にパティスリー修業された方なんだろうなって思っていました。亜樹ちゃんのセリフの「じいちゃんは日によって変えている。レシピをなぞるんじゃなくて自分の頭で考えてやっているの。クリームの名前すら知らないのに」というところは特に！

――ケーキ作りの描写や、登場するケーキのレシピはどうやって考えたんですか？

千早 ケーキの本が好きで、それこそ、何十冊も読み込みました。ケーキの本といっても大きく分けて三種類ぐらいあるんです。レシピ本、調理を科学的に解説する本、歴史や由来を教えてくれる本、どれも読むのが本当に楽しくて。有名シェフが書いているレシピ本と、いわゆる教科書として使われるような定番のレシピ本を照らし合わせると、人によって温度や作り方がちょっとずつ違ってるんです。それを比べてみて、じいちゃんだったらこのシェフの方式、亜樹ちゃんだったらこのシェフの方式、という風に、同じお菓子のレシピでも何冊も比較する作業を繰り返しました。

伝統菓子の本も大好きなんです。フランスの昔のお菓子や菓子型の写真が載っている本をうっとり眺めたりして。だから、ピュイ・ダムール（フランスで十八世紀頃、生まれたと言われる伝統菓子）というマイナーなお菓子を、小説にだしちゃいました。

――例えば、泡立て作業の場面の描写で、一般的にフードライターがパティスリーに取材に行くと、注目して見るのは材料の状態、つまりボウルの中だったりするんですけど、千早さんが見ているのは、その手元。浮き出た血管だったり、肌感だったり……。岩柳さんはそういう風に見られているって意識したことはありますか？

岩柳　ないですよ。お教室で教える時に、「こういうふうにやったら気泡がつぶれませんよ」とか、逆に「気泡をつぶしましょう」とか、大げさに作業をやることはありますけど。手には火傷や傷痕も残ってますし、まさか見られているなんて。

千早　それは私の趣味ですね、傷痕も書いています（笑）。

岩柳　印象的だったのは、亜樹ちゃんが恋人の祐介とうまくいかなくて、ついぼんやりしてクリームを泡立てすぎちゃった、という場面です。攪拌しすぎたクリームの状態を、科学で説明してくれているのも面白かった。

千早　職人さんが考え事をして攪拌しすぎるなんて実際にはないだろうから、いいのかな、と思いながら書いたんですが……。

岩柳　これがね、あるんですよ。そこがリアルでいいなと思って。以前に、若い女の子のスタッフが大失敗をやらかして、「一体、どうしたの？」って聞いたら、ポロポロ涙を流しながら「実は――」と恋愛の悩みを打ち明けられたこともありました。男性だと違うかもしれないですけど、若い女の子だといろいろとありますよ。パティシエールも、普通の女の子ですからね。

パートナーとの関係性

千早 私も日々十時間近く、小説を書いているんですけど、飲食業の方って労働時間が長いですよね。拘束時間が長いと、仕事がアイデンティティみたいになってきませんか？

岩柳 ワーカホリックってことでしょうか？（笑）

千早 そうです。作られるケーキの完成度や、お仕事へのこだわりを見ていると……。生活というか、人生の大半を仕事が占めていませんか？

岩柳 そうですね。休みの日にも普通にラボ（調理場）に来ちゃいますもん。

千早 私もいつも小説のことばかり考えています。ケーキのことばっかりって、ご主人に怒られないですか？

岩柳 結婚したてのころは言われましたね。あと、出産直後にもちょっとだけ。このお店をオープンさせた最近は、時間の許す限り、この厨房にこもっているんですが、実の弟にも怒られちゃいました。

千早　弟さんに？

岩柳　同居している弟が時々、子供の面倒をみてくれているんですが、「今日はいい加減、遅すぎるんじゃないの？」って（苦笑）。

千早　岩柳さんのおっしゃることはすごくよくわかります。仕事をしてる時って時計を見ないですよね。

岩柳　見ません。終わった時が終わり。

千早　「いつ終わるの？」って聞かれても、「うまくいったら終わる」としか言いようがない。

岩柳　そうそう（笑）。

千早　岩柳さんはご自身を仕事中毒だと思います？

岩柳　どうかなぁ。この仕事を辞めてみたら、解るかもしれない。

千早　イメージですけど、岩柳さんは亜樹ちゃんよりも柔らかくて、芯が強そうな感じがします。

岩柳　ところが、すごく頑固みたいです。柔軟にやっているはずなんですけど……。

千早　ご主人も、すごいサポートをしてくれてますよね。忙しい時はお店に立って、サービスやレジも手伝ってくださるとか。

岩柳　本当に助かっています。私の足りないところを全部知ってくれていますからね。

千早　わあ、素敵。「私の足りないところを全部知ってる」。このフレーズはメモしなきゃ。

岩柳　でもね、そこを指摘されると、その瞬間は腹立たしいんです。だけど、それは逆にありがたいって思わなきゃいけないんですよね。腹が立つということは当たってるということですから。

千早さんのご主人も、執筆に打ち込むことを理解して、仕事が終わるのを辛抱強く待っていてくださったりするのでは？

千早　待っててはくれませんね。でも、待っててくれない方が楽だから、助かっています。夫は私が今どんな仕事をしてるか把握はしているようで、悩みや愚痴は聞いてくれますが、私の本は一切読まない。そこも嬉しい。

岩柳　陰で読んでますよ、きっと。

千早　え、嫌です（笑）。

岩柳　って言うことがわかってるから、陰でこっそりと（笑）。

――小説の終盤で、亜樹ちゃんの恋人・祐介が「違う人間だから、同じ事柄にも違う反応ができるよ」っていうのも印象的なセリフですね。

千早　実際にそうであったらいいですけど、夫婦関係にあるとケンカも絶えません（笑）。

岩柳　うちもです（笑）。

嗜好品は感情のはけ口

――ショックだったのは、第三話の「カラメル」で、主婦の美佐江がおいしく食べるためにではなく、シュークリームをまとめ買いするくだりです。そんな人がいるんだって初めて知りました。

岩柳　私の知り合いにもいますよ。拒食症で甘いものを買い込んでしまうひとはいると思います。

千早　スイーツやお酒など、生命維持に必要ではない嗜好品って、感情のはけ口になりやすいと思うんです。この小説の中でも、ミナという女の子が手づかみでケーキを食べる場面があるんですが、丁寧に作られた綺麗なものを壊したい欲求や、身体に良くないものを摂取したい衝動って、絶対あると思うんです。

　職人さんを前にすごくおこがましいんですけど、私は小説も嗜好品だと思っていて、書いていて「本当にこんなこと、社会の役に立っているんだろうか」と、いつも負い目を感じているんです。だって、医師や弁護士は毎日のように人を救っているじゃないですか。

岩柳　確かに、そうですよね。洋菓子も、生きていくために必需品ではないかもしれない。

千早　小説は特にそうで、たまには毒を盛ったり、素手でぶん殴るぐらいの衝撃を読者に与えないとストーリーにもならないところがあります。お酒も甘いものも、度を過ぎたら毒に変わりますよね。人間って、そういうものを求めちゃうタイミングがあるんじゃないかなって、最近思うんです。

岩柳　私の場合は、健康やアレルギーのことを考えて、白砂糖を使わないとか、精製していない小麦粉を使うとか、そういう方向を模索した時期もありました。

千早　過去形なんですね。

岩柳　つくってみたはいいけれど、やっぱり味として納得がいかなくて、心の栄養として、砂糖やバターをたっぷり使ったお菓子があってもいいんじゃないかという結論に至りました。健康になるための栄養素は、また別に摂取してもらえばいいと。

千早　実践したうえで、結論をだすって、かっこいいです。

岩柳　だって、やっぱりおいしいんですよ、バターって（笑）。

千早　そうそう。ヘルシーを意識したものって、美味しくないですよね。

岩柳　そうなんですよ、身体にあんまりよくないよなぁって思っていても、高級なフランス産の発酵バターをトーストに分厚くのせて食べるのって……。

千早　おいしい！

岩柳　菜種油で作ったマーガリンとは全然、違うなって。健康を意識した代替素材で作っていても、工程に科学的な面白さがないというか。ただ混ぜているだけなんですよね。配合の妙はありますけど、似たような素材を混ぜて固めるだけ、そして焼くだけなので。テクスチャー的にお菓子を作ってるっていう感じじゃない。

千早　じゃあ、今は、砂糖たっぷりの菓子製作に負い目は感じていないんですか？

岩柳　ものによってですかね。例えば今、ある注文を受けてメレンゲ菓子（卵白を泡立てて焼く菓子）をたくさん作っているんですけど、注文量が多いから、当然、砂糖の量が半端なくて。ふと冷静になると、これを自分の息子に食べさせたいかと考えたら、食べさせたくないな、なんて思ったりもしています。そんなお菓子を作っていていいんだろうか、と思うことはあります。

千早　でも、甘いものを食べたら、元気になりますよね。見た目が美しかったらなおさら。

岩柳　そう。だから、みなさんの心の栄養になってくれればいい、と考えるようにしているんです。うちのお店で出しているのは、スタッフ全員が「これおいしいね」「いろんな人に食べてもらいたいね」と思うお菓子です。その生の反応を感じたいから、新しいお店では厨房をガラス張りにして、お客様の顔を見られるようにしたんです。

――このひとつのケーキが、私たちにひとときの幸福を与えてくれていることは間違いないですよね。じいちゃんのセリフに「女性を興奮させない菓子は菓子じゃない」という、かっこいい言い回しもありました。

岩柳 気風がいいですよね。

千早 江戸っ子なんですよ、じいちゃんは（笑）。

――食べる側としてどういうお菓子だったらそう感じるのか、作り手としてどういうふうに作ったら、食べ手を興奮させられると考えていらっしゃいますか？

千早 取材で女性編集者とスイーツを食べ歩いたんですが、ケーキを食べた瞬間の女性の表情、気持ちの高まりって、すごいんですよ。ファーって、なんかもう、薔薇《ばら》色の不思議な物質がそこらじゅうからでてる（笑）。

岩柳 みなさん、でてますよね。

千早 私、その時、彼女たちが呟いた言葉をメモしていて。用語集を作っているくらいなんですけど、食べた瞬間、「オーケストラ」とか「涅槃」とか「昇天」とか「肩こりとれる」とか。いろんな言葉がでてくるので面白くて。食べながら涙目になったりして、こんなにも女性を喜ばせられるスイーツって、一体何なんだろうって思いますね。

岩柳　作る側は、難しいことは考えてはいないんですけどね……。

千早　世の男性には、好きな女性を連れてきて、その女の子が何の邪気もなく幸せになる瞬間を見てほしいですね。

岩柳　ケーキには人を幸せにする力があるってことなのかな。

千早　絶対にありますよ。私、小説でそれができるとは思えてないんです。同じ嗜好品でも、小説って一ページ、一ページを読んでいくので、ひとくちでファーとはならない。最終ページで「うんうん」って、言ってもらえることはあるかもしれないけれど、瞬間の感覚に訴えるものには勝てないと思います。

岩柳　でも、拝読していて、ありましたよ。めくった時に「あ、この言葉」っていう感動が。蛍光ペンでビーッて、線を引きたいフレーズが。

千早　だとしたら、嬉しいです。心の栄養になればいい！　と信じてお菓子を作り続ける岩柳さんに、私も小説を書き続ける勇気をもらいました。

インスピレーションが出発点

――小説を書くのにも、ケーキを作るのにも必要だと思うのですけど、お二人はどこから発想を得るんですか？

岩柳　この新店のコンセプトにも、インスピレーションの重要性を掲げています。例えば、千早さんに会って、そのインスピレーションが元になって、ケーキのイメージができあがるんです。
千早　人との出会いから発想が湧くんですか？
岩柳　そうですね。出会いだけじゃなく、人生のすべてのやり取りからです。
――この小説もそうでした。各章にテーマがつけられています。例えばキャラメルだったらちょっと苦い気持ち、グロゼイユだったら青春の頃のキュンとする思い出というように。
千早　私の場合、物語はたいてい一瞬でできるんですよ。色や感触つきの映像がバーンと頭の中に浮かぶんです。小説ってインクと紙で作られた白と黒しかない世界ですけれど、読む人の頭の中に色や匂い、空気感、肌触りなどを再現させて、私の頭の中にある映像をできるだけ正確に伝えられたら、と思っています。
岩柳　だとしたら大成功ですよね。読んでいて、どれだけお腹が空いたか。
千早　ある読者に、〝食テロ〟小説って言われました。光栄ですね（笑）。
岩柳　今回、『西洋菓子店プティ・フール』を読ませていただいて、私なりの解釈で焼き菓子を作ってみました。シュー生地とクレームパティシエール（カスタードクリーム）が物語の中にたくさん出てくるので、それを使って二種類。じいちゃんのふわふわシューと亜樹ちゃんのさくさくシューのような、また伝統菓子と創作菓子のコントラストも表現したくて。両方とも赤いグロゼイユを使った、古典&創作菓子のセットです。

千早　一番に食べさせてくださいね（笑）。

（「オール讀物」二〇一六年四月号より）

いわやなぎあさこ　東京都生まれ。服飾学校を経て渡仏、独学でケーキ作りを勉強。二〇一五年十二月に『パティスリィ　アサコ　イワヤナギ』を開業した。

解説

平松洋子

「優しい黄色の皮に歯をたてると、生クリームがあふれでてくる。吸いついてクリームを飲む瞬間がたまらない。甘い幸福がとろとろと身体に流れ込み、脳を満たしていく。クリームと柔らかいシュー皮、単純な味に安心する」

五感を刺激する言葉を追いながら、それこそたまらない気持ちにさせられる。

そう、もこもこと柔らかなシュークリームは、用心ぶかく歯を当てたつもりでも、いったん決壊したら芳しいとろとろがあふれて垂れそうになるから動転し、あわてて「吸いついてクリームを飲む」。ひんやり冷たいクリームを吸う感覚に導かれて物語の内側へいざなわれるのだが、油断は禁物だ。その優しい黄色い皮のシュークリームを作るじいちゃんは職人肌の頑固者だし、「単純な味に安心する」弁護士の祐介は、結婚の約束に捨て身の覚悟で待ったをかける。下町の西洋菓子店「プティ・フール」を舞台に綾なす人間模様は、ときに危うく、崩れの予感も孕んでいる。毒や後悔や不安や秘密があればこそ、甘さはいっそう燦めくとでもいうように。

企みと試みに充ちた連作小説集である。「グロゼイユ」「ヴァニーユ」「カラメル」「ロゼ」「ショコラ」「クレーム」、一連の詩を思わせるタイトルを冠した六編を読み進むうち、それぞれが呼応し、甘い香りに複雑さが絡んでゆく。そうなのだ、と読みながら気づく。ともすると十把一絡げに「スイーツ」と呼ばれてしまう甘いものだけれど、その甘さの内部には魑魅魍魎が潜んでいる。いや、混沌のなかに正体を隠しているからこそ私たちは「スイーツ」とひと括りにして夢見心地をあてがい、安心したふりをしてしまうのかもしれず、そのからくりを著者は見抜いている。

たとえば、第一編「グロゼイユ」の冒頭。

「生クリームはかたさではなく艶《つや》だと、じいちゃんは言う。

ゆるいと張りがなく、かたすぎるときめが粗くぼそぼそする。どちらも色気に欠ける。食う気にならん、と。（中略）

『女の肌と一緒だな』

じいちゃんがにやにやしているのは見なくてもわかる。いつもの口癖だ。

『美しいのは一瞬』

合い言葉のように私もくちずさむ」

祖父と孫娘の会話がなにやら艶めいているのは、ふたりの間柄がシェフと弟子でもあるから。読者はきっぱりとした言葉の応酬に遭遇し、「欲望をめぐる物語」の幕開けを予感する。

じいちゃんはたたみかける。

「菓子の魅力ってのは背徳感だからな。こんな綺麗なものを食べていいのかって思わせなきゃなあ」

人間の欲望の背中には、背徳という悦楽がへばりついているのだ。

または、こう断じたりもする。

「(前略)あのな、女ってさ欲望に正直なんだよ。欲しいもの、手に入れたいものを目で追っちまうし、感情が顔にでやすい。人を喜ばせるものを作りたかったら若い女の反応を見たらいいんだ。女を昂奮させない菓子は菓子じゃねえ」

酸いも甘いも嚙み分けて欲望の正体を知り抜くからこそ、菓子の魅力を「背徳感だからな」と言い切り、「女を昂奮させない菓子は菓子じゃねえ」とタンカを切ってみせるのだ(そんなじいちゃんはいったい何者なんだという謎は、物語の最後に解き明かされる)。いきなり図星を指したうえで物語は動きだすのだが、読者は、夢見心地の背後で自分が飼い慣らしているつもりの欲望にも目を向けざるを得なくなる。

考えてみれば、洋菓子ほど最初のひと口に心を揺さぶられるものはない。それが街場の店のショーウィンドウに並ぶいちごのショートケーキであっても、名だたるパティシエの手による巧緻なケーキであっても、食べる、味わうという行為の名のもとにフォークを完成形のなかへ差し入れる瞬間、運命の行方を握っているかのような陶酔を覚える。いま急に思いだしたのだけれど、私は、かつて神保町にあった老舗洋菓子店「柏水堂」のプードルケーキをついに一度も買うことができなかった。スポンジ生地のまわりにバタークリームをあしらった半円筒形の胴、その先端に描かれた愛らしいプードルとショーケース越しに目を合わせると、いたたまれなくなった。欲望と背徳感がプードルに化けて襲いかかってくる気がしたのである。

さて、物語はじいちゃんの孫、亜樹を主軸に展開する。亜樹は、かつて同じ店で働いていた若い男性が憧れとも恋心ともつかない感情を抱く有能なパティシエールだ。

「動きに迷いがなく的確で、なおかつ優雅。その手はシェフに命じられる前にさっと動いて、必要なことを正確にやってのけた。パートもクリームもチョコレートもフルーツも彼女の手に吸い寄せられて美しくかたちを変えた」

なるほど、冷静で動じない佇まいは腕のいい菓子職人の条件にちがいない。

西洋菓子は精密な建築物さながら、菓子職人は設計図から建築まで一手に引き受けなければならない。また、亜樹が抑制の効いた人物として描かれるのは、「欲望をめぐる物語」を紡ぐうえでの著者の企てなのだ。祖父の影響を受けて菓子作りに興味を抱き、フランスに留学したのち、親に反対されながら菓子職人を志す。そののちフランス人シェフによる正統派フランス菓子店で働き、店を辞めてじいちゃんのかたわらで働きながら、向上心も野心も育てている一本気な職人気質のパティシエールだ。その硬質な存在感が、周囲の人間模様を引き立たせ、雑多な欲望のありさまを浮かび上がらせてゆく。「グロゼイユ」では、中学の同級生と共有した未熟な独占欲や嫉妬や軽蔑を。「ヴァニーユ」では、男女の感情のすれ違いを。「カラメル」では、夫婦のあいだに生じたなまなましい齟齬や裏切りを。「ロゼ」では、若い女性の不安や焦燥感を。「ショコラ」では結婚をめぐって亜樹と祐介との間に流れる心情のずれを。そして「クレーム」では、亜樹自身が胸のうちを覗きこみ、立ち止まって自分の道のりと向き合う――つまるところ、著者のまなざしは人間の宿業に向けられているからこそ、じいちゃん夫婦の住まいが店の奥にある下町の小さな洋菓子店が、とても親身で人間的な場所として立ち上がってくるのだ。

甘いだけでは足りない。

きれいなだけでは足りない。

おいしいだけでは足りない。

では、その足りないナニカを埋めるのは何なのだろう。

ただ甘いだけでも、きれいなだけでも、おいしいだけでも、とかく足りているふうに見えがち／見せられがちなこの世の中で。

おいそれとは答えのでない困難さに遭遇して登場人物たちは窮し、それぞれに探しあぐねる。

著者は、亜樹に語らせている。

「美しいのは一瞬。瞬きをする間に消えてしまうくらいの、ほんの短い、まるで白昼夢を見ていたような時間。だからこそ、その輝きは価値を増す。菓子作りはひとときの夢を見せる仕事だと思う」

その白昼夢のきらめきを創造するのが人間の指先だということに思いを馳せるとき、私は泣きたいような気持ちになる。ありのままの野山や雲や樹木や花や海辺のうつくしさとは意味が違う、人間の指先だけが生みだすことができる甘やかで蠱惑的なまぼろし。そっと差し出された輝かしい招待状を、暗黙のうちの了解を、崩すことによって約束事を果たす残酷さ、せつなさにいたるまで描きだそうとする著者は、甘くてきれいなおいしさについて誰よりも的確で、忠実で、貪欲だ。本作には小説家の欲望も渦巻いている。

じいちゃんが一年に一度作る朱色の重箱にぎっしり並べられたプティ・フールには、だから人間の秘密が詰まっている。


（エッセイスト）

初出　オール讀物
グロゼイユ　2014年4月号
ヴァニーユ　　　　11月号（ヴァニラより改題）
カラメル　　2015年2月号
ロゼ　　　　　　　5月号
ショコラ　　　　　8月号
クレーム　　　　　11月号（クリームより改題）

文春文庫

西洋《せいよう》菓《が》子《し》店《てん》プティ・フール

定価はカバーに
表示してあります

2019年2月10日　第1刷
2021年4月5日　第3刷

著　者　千《ち》早《はや》茜《あかね》
発行者　花田朋子
発行所　株式会社 文藝春秋

東京都千代田区紀尾井町 3-23　〒102-8008
TEL 03・3265・1211㈹
文藝春秋ホームページ　http://www.bunshun.co.jp

落丁、乱丁本は、お手数ですが小社製作部宛お送り下さい。送料小社負担でお取替致します。

印刷・凸版印刷　製本・加藤製本
Printed in Japan
ISBN978-4-16-791222-2